AF131567

© Nathanaël AMAH , 2018(J9CR2J1)

Instants Ultimes

Du même auteur :

(E-books & version papier)

- **Somewhere in Vladivostok**
- **Harcèlement**   *(éd. BOD)*
- **Harassment**   *(éd. BOD)*
- **Acoso**   *(éd. BOD)*
- **Neith** (La mystérieuse Nubienne)*(éd. BOD)*
- **The Nubian** (The mysterious Neith) *(éd. BOD)*
- **Les macarons**   *(éd. BOD)*
- **La veuve PLYNN**   *(éd. BOD)*

(www.bod.fr)

Couverture : Fleur d'Hibiscus

Instants Ultimes

INSTANTS ULTIMES

Ne quitte jamais quelqu' un sans lui révéler ton secret.

(N. A)

Instants Ultimes

1

- « As-tu revu ton amie ? »

- « Tu parles de Brenda ? Non maman. Elle est retournée vivre à Montréal. Pourquoi ? »

- « J'ai rêvé d'elle la nuit dernière. »

- « Ah ! Curieux ! Et c'est quoi ton rêve ? »

- « Ce n'est pas important. ...Vous ne vous

Instants Ultimes

voyez plus ? ... Je l'aime bien cette fille. »

- « En effet, cela fait longtemps que nous ne nous sommes pas vus. ... Je ne sais pas ce qu'elle devient . ... Elle te plaît vraiment ? Pourtant, tu n'as jamais donné l'impression de l'apprécier. »

- « Il ne faut pas te fier aux apparences. »

- « Oui, mais tu ne m'as jamais permis de l'inviter à partager un repas avec nous. »

- « Tu veux que je te livre le fond de ma pensée mon garçon ? »

- « Oui maman, s'il te plaît. »

- « Ce qui me gêne chez elle, c'est que tu ne sais rien d'elle. Elle ne parle jamais d'elle. A chaque fois que je demande des nouvelles de ses parents, ses réponses sont des plus laconiques, des plus évasives. ... »

- « C'est normal maman ! C'est une fille de l'assistance publique. Elle n'en est pas très fière. Elle a vécu une enfance très difficile.

Et le fait de se retrouver au sein d'une famille « normalement constituée », l'impressionne au plus haut point. Tu comprends ce que je veux dire ? »

- « Oui, je comprends. Mais quelle honte y-a-t-il à connaître un début de vie difficile ? Je trouve remarquable qu'elle ait pu faire de brillantes études compte-tenu de tout ce que tu viens de me dire. »

- « Oui maman. Tout le monde court après quelque chose. Toi, tu as cherché tout au long de ta vie, à perpétuer la mémoire de papa après son départ. Moi, mon obsession, que tu te portes mieux, que ta vie soit jusqu'à la fin, la plus douce possible. Elle, son rêve secret, connaître la chaleur d'un foyer avec un mari aimant et des enfants en bonne santé. Elle veut se donner sans crainte. Mais elle sait que tu ne lui accorderas jamais ce privilège d'entrer dans ta famille, même si elle est bardée de diplômes. Ses origines ne plaident pas en sa faveur. Elles constituent à ses yeux un obstacle insurmontable. C'est comme une mauvaise odeur qui colle à sa peau depuis toujours. ... En fait, elle a peur de toi. Elle a peur que tu découvres ses origines et que tu la rejettes en fin de compte. Tu l'impressionnes beaucoup.»

- « Pourtant … »

- « Pourtant quoi, maman ? »

- « Pourtant, elle n'a rien à m'envier. »

- « Je ne comprends pas, maman. »

- « Tu veux vraiment savoir ? … D'ailleurs, il faut bien que tu saches un jour qui est ta mère. »

- « Que veux-tu dire maman ? »

- « Sache une chose mon fils : je suis passée des ténèbres à la lumière. Cela n'a pas été facile, mais j'y suis parvenue. Et si j'y suis parvenue, c'est grâce à ton père (Paix à son âme).
 Écoute- moi s'il te plaît.

D'après ce que je sais, je suis née sur l'île de la Gonâve, au large de Saint-Marc à Haïti.

Mais j'ai grandi à Port-au-Prince dans une famille qui n'est pas ma famille d'origine.

Je te laisse imaginer la vie que j'ai pu avoir au sein de cette famille dans laquelle j'étais assignée aux travaux ménagers, presque vingt-quatre heures sur vingt-quatre et à coup sûr, sept jours sur sept.

Seul le dimanche me permettait de mettre le nez dehors pour assister à l'office dans la vieille église. Unique moment de répit au cours duquel, je peux voir des visages souriants et bienveillants.

Pour faire court, un jour, à la fin de l'office, j'ai été abordée par un monsieur d'une cinquantaine d'années, en visite à Port-au-Prince. Je ne sais pas s'il avait assisté à l'office, mais je l'ai retrouvé devant l'église.

Il voulait m'inviter à déjeuner avec lui en présence de sa vieille maman.
Je décline l'invitation poliment. Je n'ai pas le droit de parler aux personnes étrangères. De surcroît, je dois rentrer à la maison pour préparer le repas de ma famille d'accueil.

Le dimanche suivant, je revis ce même monsieur, encore plus insistant.

Cette fois-ci, il ne me laissa pas le choix. Il faut à tout prix que je l'accompagne auprès de sa vieille mère à Cornillon, non loin de la frontière avec la république Dominicaine.

Son automobile est garée non loin de l'église.

Sans savoir ce qui m'a donné le courage d'accepter cette nouvelle invitation , me voilà installée sur le siège passager de cette grosse automobile blanche.

Je n'ai pas pu évaluer le temps que nous avions mis pour arriver à la propriété de ce monsieur, tellement mon esprit était tourné vers cette vie que je suis en train de quitter.

A l'évidence, il n'y avait aucune possibilité de retour vers cette vie qui m'a tenue en esclavage durant tant d'années.

D'ailleurs, comment aurais-je pu expliquer mon absence sans être rouée de coups à mon retour à la maison ?

Étonnamment, je suis sereine comme si, ce qui est en train d'arriver, était normal.

J'ai seize ans. Je suis une jeune fille frêle avec un visage triste. Je suis innocente. Je ne connais rien de la vie.

Je ne mange pas à ma faim. Je me contente de qui reste dans la marmite. Je suis squelettique. Vraiment, tu peux me croire mon fils. C'est vrai, aujourd'hui, j'ai quelques rondeurs, mais c'est la vie qui m'a fait cadeau de tous ces nombreux kilos superflus pour me réconcilier avec elle, et en compensation de toutes mes privations.

Avec le recul, je me suis souvent demandée comment cela peut-il se faire que, tout à coup, un déclic s'opère, change radicalement la vie d'une personne innocente, et permet à la destinée de s'accomplir ? »
- « Destinée ? »

- « Oui, et quelle destinée ? ... Oh mon Dieu, tes chemins sont si tortueux qu'il est difficile de comprendre le sens de la souffrance ! »

- « Tu pleures , maman ? »

- « Non mon fils, je ne pleure pas. ... Je pense à ma plus tendre enfance. ... Je pense à cette époque où, moi, fille de personne, je désirais ardemment, intensément cet avenir qui serait synonyme d'espoir. ... Vouloir sortir de la misère, quoi de plus légitime pour une gamine qui ne sait pas d'où elle vient, et qui cherche désespérément un bord de rivière où accoster le bateau ivre de sa vie ... Aujourd'hui, je ne regrette pas ce chemin par où je suis passée pour arriver dans les bras de ton père. ... Ne pleure pas mon fils. ... Rassure-toi. ... Je revois mon arrivée dans ce grand domaine. »

- « Que s'est-il passé ? »

- « Arrivée dans un domaine immense, l'automobile s'arrêta devant une grande et imposante maison bâtie derrière une importante plantation de manioc, d'igname, de petit mil, de haricot, d'arachide, de melon et de mangue.

© Nathanaël AMAH , 2018 NATHAM Collection

Dans ce lieu, étaient concentrées toutes les cultures vivrières d'Haïti, mises en œuvre par un personnel nombreux.

Ma préoccupation en arrivant, a été de savoir, à quoi je devais servir au sein de cette population nombreuse et variée.

Curieusement, j'ai totalement occulté l'objet de ma visite dans ce lieu, à savoir, déjeuner avec un certain monsieur venu me cueillir à la sortie de l'office, en compagnie de sa vieille mère. A la place, je me surprends à passer en revue, les différents postes auxquels je pourrais être affectée dans cette ruche.

Je peux lire cette même interrogation sur le visage des gens devant lesquels je suis passée, assise (penaude), sur le siège passager de l'automobile, à côté du maître. »

- « Et alors ? »

- « Lorsque l'automobile s'est arrêtée, un homme au visage émacié, marqué par des scarifications rituelles, de couleur noir ébène, tout de blanc vêtu, vint m'ouvrir la portière.

Je n'aurais pas su comment m'y prendre : c'est la première fois que j'étais montée dans une automobile.

Cela peut te surprendre. Mais sache que, premièrement, je n'ai jamais voyagé à titre personnel à cette époque. Deuxièmement, les rares déplacements d'une ville à l'autre auxquels je participais pour accompagner la maîtresse de maison, se faisaient dans des bus collectifs.

Je me souviens de cette nuance de noir foncé, accentuée par le contraste entre la couleur de peau de cet homme et le blanc éclatant de sa tenue. Je n'avais jamais vu une telle couleur de ma vie entière.

Il tendit la main et m'aida à descendre. C'est une main aussi noire que le reste, grosse et puissante au-dessus de laquelle, je peux deviner sous sa peau ses veines saillantes, gorgées de sang. De longs doigts musclés dirigés vers ma main chétive, finissent par me saisir et me tirer de l'automobile.

Je n'en reviens pas de cette délicatesse et de cette douceur qui émanent de ses gestes.

C'est la première fois qu'un homme me touche depuis que je suis devenue une jeune fille. »

- « Maman veux-tu un verre d'eau ? »

- « Oui mon chéri. Merci. »

- « Tu veux te reposer un peu maman ? »

- « Non, ça va. … On dirait que tu n'as pas envie d'entendre la suite de mon histoire. N'est-ce pas ? »

- « Pourquoi tu me dis ça ? »

- « Tu sais, si les choses ne sont pas dites, comment veux-tu que je puisse résister à l'envie de les oublier ? »

- « Maman, je ne crois pas que tu puisses oublier cette partie de ta vie. … Certains souvenirs ne vieillissent ni ne s'effacent. …

Par contre, penses-tu que moi j'ai envie de connaître ton passé, ce passé qui doit rester là où il est ? … Tu es ma mère et tu resteras ma mère. Qu'importe la façon dont tu as débuté dans la vie. Ce qui est important pour moi, c'est le fait que, j'ai eu la chance de voir le jour grâce à toi. Quoi de plus satisfaisant que de naître et de grandir auprès d'une personne qui est un torrent d'amour, un concentré de bonté ? Alors, quel que fût ton passé, moi, je n'ai pas l'envie, ni l'irrespect de tendre mon oreille pour écouter les détails de ce passé qui est si présent en toi, et avec lequel tu vis chaque seconde de ta vie . »

- « Merci mon garçon pour tout ce que tu viens de me dire. Mais, je dois te révéler certaines choses. Alors, je t'en supplie, laisse- moi te raconter et écoute-moi. »

2

- « C'est une de ces journées où l'air est irrespirable. Il faisait une chaleur suffocante. Même les lézards ne se risquaient pas dehors. Une chaleur accablante d'avant l'orage.

J'avais soif. J'avais si faim. Les maigres repas que je prenais dans ma famille d'accueil, me donnent une sensation permanente de faim.

Je ne sais pas quelle quantité de nourriture j'aurais été capable d'engloutir ce jour-là, mais au plus profond de ma conscience, un bœuf tout entier n'aurait pas suffi à mettre un terme à cette faim qui me tenaillait.

Contre toute attente, le maître ordonna que je sois conduite sans délai à la cuisine.

Précédée du grand noir, je me rendis à la cuisine, la peur au ventre.

Je ne savais pas pour quelle raison je devais être conduite à la cuisine.

Devant l'église, le maître m'avait dit que je devais l'accompagner afin de partager son déjeuner avec sa vieille mère.

L'ordre qu'il donna de me conduire à la cuisine, n'avait rien de rassurant. De plus, pas la moindre trace de la vieille mère. La misère de ma vie d'avant continue de planer au-dessus de ma tête.

Le grand noir me fit signe de m'installer à la table centrale de la cuisine.

Autour de moi, deux femmes plus âgées que moi, s'affairent aux fourneaux.

Le grand noir alla leur chuchoter quelque chose à l'oreille, puis, s'éclipsa.

Pour la première fois de ma vie entière, je suis assise à une table. Je suis servie par d'autres personnes. D'habitude, c'est moi qui sers à table et qui nettoie après le repas. Je suis devenue une personne digne d'intérêt. C'est une sensation bien agréable.

Alors, j'ai mangé, encore et encore. Je n'en pouvais plus de manger. J'ai bu de l'eau fraîche, dans un verre et non pas dans un bol en terre cuite comme avant.

Le personnel de la cuisine ne sachant pas qui j'étais en réalité, fit en sorte que mon assiette soit bien garnie, de peur de fâcher le maître.

Ah, si ces femmes savaient d'où je viens !

Le maître envoie le grand noir me chercher à la fin de mon repas.

La chaleur n'a pas chuté d'un degré.

Dans son rocking-chair le maître prend le frais sur la véranda, un verre de vin rosé posé sur une petite table à côté de lui.

Il me fait asseoir à côté de lui sans émettre un son, se contentant de me dévisager.

A cet instant précis où je te parle, je revois le visage de ce monsieur qui a changé le cours de ma vie.

Sans avoir la preuve de ce que j'avance, je pense que cette personne est d'origine espagnole. Cela ne l'empêche pas de s'exprimer en créole haïtien même si ses ordres sont relayés par le grand noir. … Ah, ce grand noir ! Mon Dieu ! »

- « Tu parlais le créole haïtien, maman ? »

- « Oui bien entendu ! Dans ma famille d'accueil tout le monde parlait le créole haïtien. D'ailleurs, je n'avais pas le choix. Je n'ai pas été scolarisée, donc, je n'ai pas pu apprendre à écrire le français qui est enseigné uniquement dans les écoles. »

- « Et cela ressemble à quoi le créole haïtien ? »

- « Cela t'intéresse vraiment de savoir ? »

- « Oui maman. »

« Ok !

Tu sais, Haïti est un mélange de cultures où des ethnies diverses, (africaines, européennes et indigènes) se côtoyaient et contribuèrent à la formation de cette langue locale appelée le créole haïtien.
.

D'après ce que je sais, différentes ethnies africaines se sont regroupées sur le territoire de Saint-Domingue ou Hispaniola (Espanola ou petite Espagne) comme cela s'appelait avant.

En résumé, le pays Haïti est donc né de Saint-Domingue qui a constitué au fil du temps, un creuset de races diverses, ayant donné naissance à un univers de ségrégation raciale.

Comme tu peux voir, la formation du peuple haïtien et de sa culture, est le résultat d'un long processus de brassage et de métissage.

Mon fils, tu n'as pas besoin de moi pour savoir tout ça. Tu peux te connecter sur Google et en apprendre plus, beaucoup plus.

Tu veux bien maintenant me laisser te raconter la suite de mon histoire ou pas ? »

« Je t'écoute, maman. »

3

- « Cela faisait un moment que j'étais assise à côté du maître sur la véranda, et toujours pas un mot venant de lui.

Pas de trace de la vieille mère, ni à la cuisine, ni sur la véranda.

Peut-être, vit-elle recluse dans son lit ? Qui

sait ?

Devrais-je m'occuper d'elle ?

Mon cerveau venait d'inventer une nouvelle raison pouvant justifier ma présence dans ce lieu dans lequel, la seule chose concrète qui m'est arrivée depuis mon débarquement, a été le copieux repas servi à la cuisine.

De temps en temps, le bruit du verre de rosé posé sur la table après une brève gorgée, me faisait sortir de ma torpeur. Verre que le grand noir remplissait au fur et à mesure, sans verser une goutte à côté.

J'étais fascinée par tant de délicatesse dans ses gestes. D'aussi grosses mains qui peuvent être capables d'autant de dextérité, je n'en revenais pas.

La proximité de ma chaise avec la sienne, me permit de voir ce monsieur de très près. Je pouvais même le dévisager.

Je le faisais furtivement, discrètement sans attirer son attention. Je ne suis sûre de rien.

L'absence de sourire sur son visage tranche singulièrement avec son abord rassurant devant l'église, au moment où il m'invita à monter dans son automobile.

Pour moi, c'est une autre personne auprès de laquelle j'étais assise sur la véranda.

Soudain :

–   « *Tu veux rester ici ?* »

Ai-je bien entendu ?

Oui, c'est bien le son de sa voix, grave et rassurante. Cette voix entendue devant l'église.

Instinctivement, et sans savoir pourquoi, mon regard s'est tourné vers le grand noir.

Mes yeux le fixent avec insistance.

C'était tout nouveau pour moi. Je n'avais jamais pris de décision de ma vie entière. J'exécutais des taches sans que je puisse émettre un son.

Mes choix étaient inexistants. On choisissait pour moi.

Mon humanité n'était pas reconnue, moi la fille de personne.

Alors, ce choix pour lequel je dois me prononcer, constitue à mes yeux, quelque chose d'insurmontable.

Je ne sais pas quoi répondre.

Seul le grand noir peut me sortir de cette situation. »

- « Maman, je ne comprends pas pourquoi tu ne peux pas prendre cette simple décision. .. Si j'ai bien intégré tout ce que tu viens de me raconter, ta vie était misérable. N'est-ce pas ? Alors, comment pouvais-tu hésiter à saisir cette planche de salut visiblement envoyée par la providence à la sortie de l'office ? »

« Chéri, oui je vois que tu n'as rien compris. … Je sais qu'il est difficile pour toi d'imaginer ce que ma vie a pu être dans cette famille d'accueil. ... J'avais eu la chance d'avoir un toit sur la tête et de m'endormir le soir avec quelque chose dans l'estomac, aussi maigre soit-il. ... Alors, la vie pour moi et tout ce qui va avec, étaient réduits à leur plus simple expression. ... Le maître-mot était : « obéissance ». ...

Je n'avais pas la capacité d'émettre un son. Non pas parce que je n'ai pas de caractère, mais parce que mes révoltes s'exprimaient à l'intérieur de mon ventre. ... Cela me provoquait des coliques terribles.

Tu sais mon fils, une douleur poussée à l'extrême, finit par ne plus faire mal. Cela devient une situation normale. ...

Dans cette famille d'accueil, aussi paradoxal que cela puisse te paraître, je me sentais presque bien.

Est-ce à cause de l'impression que j'ai d'avoir la sécurité d'un toit ? Ou bien, parce que j'ai existé un tout petit peu aux yeux de notre maîtresse de maison pour qui j'ai été son souffre-douleur préféré ? ... Je n'en sais rien. Vraiment !

Je ne vois pas comment je pourrais te faire ressentir cette pression permanente qui pesait sur moi.

Un habit mal repassé est synonyme de gifles, un poisson « mal cuit » *(va savoir ce que cela peut vouloir dire un poisson mal cuit)* me condamnait à être privée de nourriture toute la journée.

J'avais l'obligation de jeter les restes aux chiens de la maison, pour avoir la certitude que je ne serai pas nourrie ce jour là.

Mon jour de méforme, *(tu vois ce dont je veux parler, quand la femme a les jambes en coton)*, tombait à chaque fois la journée où je suis désignée pour être de corvée d'eau potable etc etc … . Je ne pouvais pas dire à maman Aïda : « J'ai besoin d'une bouillotte bien chaude pour la mettre sur mon ventre et rester dans mon lit au lieu de parcourir les deux kilomètres qui séparent le point d'eau potable de la maison, le bidon d'eau potable rempli jusqu'à la gorge, calée sur le coussinet et posé sur ma tête. » … Cette idée aurait refusé d'elle-même de germer dans mon esprit, même si j'en avais la volonté. C'est à croire qu'elle tient un calendrier précis pour cela. Seul Dieu sait.

Tu comprends mon fils ? Tu comprends pourquoi j'avais fini par n'exister qu'à travers la volonté des autres ? … Tu comprends ? »

« Ne crie pas maman, je t'en prie. »

4

- « Le grand noir me fixa intensément pendant un laps de temps, puis cligna des yeux.

Ce qui peut être considéré en temps normal comme un clignement des yeux de manière réflexe, prit un tout autre sens pour moi à cet instant précis où, le maître attend ma réponse à sa question.

Le clignement de ses yeux m'apparut comme le signe évident m'indiquant ce que je devais répondre.

Il m'arrive de repenser à ce moment où j'avais cru recevoir un message subliminal venant de cet homme noir ébène.

A la réflexion, je me demande si, sans le savoir et sans le vouloir, je n'ai pas mis en œuvre la technique de certains conférenciers qui, dès le départ de leur prestation, choisissent dans la salle, un visage « ami », posent leur regard dans son regard, et parviennent ainsi à maîtriser leur trac en ayant l'impression de s'adresser en exclusivité à ce visage « ami ».

Qui sait ?

C'est à croire que nous avons en nous, une aptitude innée permettant de nous sortir de situations critiques, quelles que soient nos origines et les conditions dans lesquelles nous évoluons dans la vie, que nous soyons riches ou misérables.

Alors, d'une voix à peine audible, je répondis à la question : *« Oui, je veux rester ! »*

A l'énoncé de ma réponse, aucune réaction sur le visage du grand noir, debout, droit comme un « I » derrière le maître.

Pas de réaction non plus chez le maître dont la fréquence de ses gorgées de vin augmentait au fur et à mesure que la chaleur devenait de plus en plus suffocante.

Le doute s'empara de moi.

Était-ce une mauvaise réponse ?

Aurais-je du finir mon déjeuner et rentrer bien sagement à la maison, en remerciant tout le monde ?

D'ailleurs, comment aurais-je pu faire pour retourner chez moi à Port-au-Prince ?

Pour avoir goûté à ce minuscule instant de bonheur, étais-je encore disposée à retourner à la maison et encline à accepter les sévices au quotidien ?

Ce lieu que je découvre, n'est-il pas l'antidote providentiel à ma misère ?

Après tout, je suis l'enfant de personne.

Ma disparition pourrait passer comme une lettre à la poste, sans que quiconque puisse s'en émouvoir.

Ce silence dura quelques minutes, puis, le maître fit signe au grand noir de se pencher vers lui.

Il lui chuchota quelque chose à l'oreille.

Le grand noir se rendit à la cuisine, revint avec une des femmes qui avaient servi mon déjeuner.

Elle s'approcha de moi et m'invita à la suivre.

Je suis conduite à l'annexe où résident les femmes du domaine.

Elle m'indique une porte.

Je l'ouvre.

Dans cette pièce aux volets clos, il faisait un peu plus frais. J'ai pu voir malgré la pénombre, une rangée de quatre lits de camp, une table, une chaise. Pas d'armoire. Les effets personnels de chacune, étant rangés dans des baluchons déposés à la tête de chaque lit de camp pendant la journée.

Même avec un mobilier réduit au minimum, de mon récent passé de fille misérable, ce dortoir de dix pas de long sur cinq pas de large, m'est apparu comme un palais dans lequel je me voyais déjà. »

- « Maman, excuse-moi de t'interrompre ! Depuis que tu me parles, tu n'as pas cessé de te décrire comme la fille de personne.

Pourquoi tu te dénigres autant ? ... Permets moi de le dire sans détour et avec tout le respect que j'ai pour toi, ça devient pénible à la longue. ... Si toi tu es la fille de personne, moi, je suis le fils de qui ? ... As-tu oublié tes beaux principes ? … Ne jamais abaisser la tête devant quiconque … Ne jamais courber l'échine devant les autres … Ne jamais baisser les yeux face à l'adversité … Toujours frapper le premier … Ne pas laisser sa part aux autres … Être toujours fier de ce que l'on est et de ce que l'on a … etc etc … Je ne supporte plus de t'entendre me raconter cette histoire. … C'est ton histoire maman. … C'est ton histoire ! … Il faut que je te le dise comment ? … Pourquoi cherches-tu à m'infliger ça ? … Tu sais, moi aussi j'ai pris ma part dans cette foutue vie. … Pourtant, je garde ça l'intérieur de moi, non pas par pudeur, mais parce que je ne me sens pas le droit d'accabler les autres avec mon histoire, même si elle n'est pas aussi dramatique que la tienne. … Tu comprends ? »

- « Je peux finir de te raconter mon histoire ? J'ai encore pas mal de choses à te révéler. »

5

- « La première nuit au domaine fut effroyable.

Un orage d'une intensité inégalée éclata au milieu de la nuit et dura jusqu'au petit matin.

A ces trombes d'eau, s'ajoutèrent des coups de tonnerre incroyablement puissants.

Depuis ma plus tendre enfance, *(devrais-je plutôt dire : dans mon enfance)*, j'ai toujours eu peur de la foudre. Je ne sais pas de qui je tiens cela. Je suis certaine d'une chose : chaque coup de tonnerre crée en moi, une panique indescriptible entraînant un besoin irrépressible d'être dans des bras protecteurs. Mais … .

Je n'ai pas le souvenir d'avoir été bercée un seul jour de ma vie. Pourtant, chaque enfant sur cette terre a droit à ce geste qui ne coûte rien mais qui apporte tant de bonheur, tant de réconfort.

Moi, je n'ai pas eu ce droit. Mon enfance a été sacrifiée. Ma jeunesse également. Quand je verrai Dieu, je lui poserai la question sur ce qu'il est advenu de sa promesse de donner à chacun ce qui lui est dû. Je ne sais pas ce qu'il pourrait me répondre pour sa défense, mais j'essaierai de bien formuler ma question. Je ne lui laisserai pas le choix de se cacher derrière la fameuse phrase rituelle, rabâchée dimanche après dimanche par ses représentants en soutane.

J'ai passé tant de jours et tant de nuits à te bercer à chaque fois qu'il était nécessaire de le faire.

C'est sûrement un geste inné, puisque j'ai pu vous te donner, tout cet amour dont mon cœur était rempli, moi qui n'ai jamais rien reçu de quiconque, ni amour, ni tendresse.

Au cours de cette nuit d'orage, je me souviens être assise dans le lit de camp qui m'a été affecté, et implorer le ciel que tout s'arrête. Oui que tout s'arrête : mes tourments, la vie insipide que je mène au service des autres, la peur du lendemain, les rêves inaccessibles qui peuplent mon esprit et que je suis incapable de chasser hors de ma tête. Alors, je voulais en finir, une fois pour de bon. Sortir de ce dortoir éclairé comme en plein jour par des éclairs qui se succèdent sans relâche, aller m'exposer sous la pluie et attendre bien sagement que la foudre vienne me frapper. »

- « Pauvre maman ! … Oh mon Dieu ! … Tu te rends-compte de ce que tu dis ? »

- « Je ne sais pas si je voulais réellement mourir. J'étais à l'aube de ce bonheur tout neuf, dans ce lieu qui ne ressemble à nul autre endroit, aussi loin que je me souvienne. La logique aurait été respectée si je décide tenter ma chance. Je ne peux pas comprendre pourquoi cet orage a éclaté précisément ce jour où je suis devenue libre de faire mes propres choix.

Peut-être, s'agit-il d'une réaction de la divine providence qui célèbre à sa manière, la fin de mon esclavage et qui déverse ces trombes d'eau, me lavant ainsi de toute cette misère dans laquelle j'avais grandi ?

Cette façon de voir les choses serait plausible si j'avais été une personne optimiste.

A la réflexion, je crois que les circonstances qui concoururent à mon arrivée dans ce domaine, me confortent dans l'idée qu'il s'agit plutôt d'un signe évident de désapprobation, l'expression d'une colère émanant de cette même divine providence qui a eu la main si lourde sur ma paillasse, depuis le jour de ma naissance.

En effet, comment aurais-je pu *(moi, insecte insignifiant)*, avoir le culot de déjouer ce plan divin qui a programmé la misère à toutes les étapes de ma vie, en décidant de m' affranchir des servitudes qui s'y attachent ?

Je me suis souvent demandée s'il les bonnes fées n'ont pas déserté ma paillasse, purement et simplement, cédant ainsi la place à la mère « Malchance » qui n'a pas hésité à me montrer toutes les facettes de son talent ? ... Sinon, comment expliquer tous mes déboires, jusqu'au jour où j'ai rencontré ton père ?

Dans le dortoir, personne ne dormait. Le vacarme des coups de tonnerre ne peut le permettre.

L'une des femmes de la cuisine avec laquelle je partageais ce dortoir, se leva et vint auprès de moi. Un peu comme une mère sentant son enfant en danger, elle s'assoit auprès de moi, et prit mes mains tremblotantes dans les siennes. Elle resta silencieuse et demeura auprès de moi jusqu'à la fin de l'orage.

Je suis certaine que ses mains à elle, ont porté pendant longtemps, les stigmates imprimés par mes ongles, tellement je ne voulais pas lâcher ces mains secourables, venues de je ne sais où, et qui m'ont permise de passer le cap difficile de cette première nuit.

Tu sais mon fils, qu'importe le lieu ou tu t'enracines, misérable ou générateur de bien-être, le déracinement est toujours porteur de douleurs et d'inquiétudes. Tu comprends ça ?

C'était la deuxième fois depuis mon arrivée au domaine, que je ressens ce sentiment indescriptible : j'ai cessé d'être une personne transparente.

A travers ce geste anodin, grâce à cette femme, je me suis réconciliée avec la vie.

Je ne peux pas affirmer que mon contentieux avec Dieu avait trouvé une conclusion heureuse au cours de cette nuit-là. Il en faut beaucoup plus pour tout effacer. Mais, c'est un bon début, du moins, c'est ce que je croyais. »

6

- « Ma mère de substitution de la veille vint me secouer alors que j'étais encore dans un sommeil profond.

J'ouvris les yeux très lentement. Elle était là, debout devant mon lit de camp, m'informant que le maître souhaite me voir dès que possible.

Instants Ultimes

Très doucement, me voilà hors de mon état semi comateux.

Je m'aperçus alors que le soleil était déjà bien haut dans le ciel. Il devrait être autour de midi. C'est la première fois de mon existence que j'ai pu me payer ce luxe de dormir aussi longtemps, et cela sans aucune conséquence fâcheuse pour moi.

Instant de panique une fois revenue à la réalité : que va dire maman Aïda ? … Et puis, je ne suis pas allée au point d'eau chercher de l'eau potable comme tous les lundis. … Je n'ai pas préparé le petit-déjeuner des enfants ... Comment vais-je expliquer cela sans risquer de recevoir des gifles en retour ? Oh mon Dieu !

Je ne sais plus où j'étais. C'est la confusion la plus complète dans mon esprit. Mais, la présence de cette femme debout devant mon lit d'une part, et un rapide coup d'œil autour de moi d'autre part, ont fini par me convaincre que quelque chose avait changé dans ma vie.

En s'assurant que je suis bien réveillée et que j'ai compris le message du maître, ma mère de substitution sort du dortoir. Elle s'en alla vaquer à ses occupations à la cuisine.

Après un passage rapide dans la salle de bain à ciel ouvert, accessible par une porte dérobée située au fond du dortoir, je remis mes habits de la veille. Je veux dire mes habits du dimanche, ceux que je portais au moment de ma capture par le maître. D'ailleurs, je n'ai pas le choix : je n'avais pas prévu de changer de vie, alors mes bagages n'ont pas été transférés par porteur spécial au domaine.

Ni vêtements de rechange, *(je veux dire mes deux ou trois robes défraîchies, récupérées dans les affaires de maman Aïda, que je portais les jours de semaine)*, ni serviette de bain, ni peigne, ... en somme, tout ce dont une femme a besoin pour démarrer sa journée.

C'est le dénuement complet. Je viens de m'en rendre compte. Je suis dans une situation extrêmement difficile.

Malgré tout, j'ai réussi le tour de force de présenter une apparence acceptable. Je me suis arrangée comme j'ai pu, en empruntant à une de mes voisines de dortoir, un peigne pour préserver la fraîcheur de la première impression.

C'est le minimum que je pouvais faire. Tu ne peux pas t'imaginer ce qu'un simple peigne édenté peut faire pour des cheveux aplatis par une longue nuit de sommeil.

Enfin, me voilà dehors. Le soleil déjà au zénith, darde ses rayons, impitoyablement.

Autour de moi, la ruche bourdonnante au cœur du domaine, est à l'œuvre depuis bien longtemps.

A mon passage, je ne pus m'empêcher de voir ces regards furtifs derrière lesquels se cachent des interrogations sur ma présence au domaine.

Quelles réponses de ma part à tous ces gens qui semblent trimer dans les plantations et à qui ma situation faisait envie ? Que le sort qui s'acharne sur moi depuis ma naissance, a tout à coup décidé de prendre de très longues vacances ? Quelles réponses à leurs interrogations si ce n'est que, et sans présumer de la suite, je suis fermement décidée à saisir ma chance ?

Ces mêmes interrogations que celles lues sur les visages la veille lors de mon arrivée, ne peuvent me laisser indifférente. Et si mon sort n'est pas aussi enviable que ça ? Au fond, ni ces gens, ni moi n'avions les éléments permettant de supputer sur mon devenir au domaine. Par contre eux, leur sort était réglé : ce sont les travaux dans les plantations matin midi et soir. Moi, avec un peu de chance, je devrais finir à la cuisine auprès de ma mère de substitution.

Arrivée devant la véranda, j'aperçus le grand noir qui m'invite à pénétrer à l'intérieur de la maison du maître.

Je commence à m'habituer à la couleur de sa peau. Le choc de la veille a laissé la place à une curiosité bien plus terre à terre : qui est cet homme qui murmure à l'oreille du maître et qui semble faire la pluie et le beau temps dans le domaine ?

Il me précède et me demanda de prendre place à la grande table, en attendant le maître.

Quelques instants plus tard, le maître arrive et s'installe à son tour à la table, à la place du maître de maison.

« Je ne vais pas aller par quatre chemins » me dit-il en me regardant droit dans les yeux, sans me dire bonjour.

Comme la veille sur la véranda, il me faut un visage ami à qui me raccrocher.

Une chance : le grand noir est dans ma ligne de mire. Déchiffrer le préambule du maître, qui mieux que lui peut m'aider à comprendre cette entrée en matière ?

J'ai scruté son visage en vain. Aucune expression, aucun signe lisible sur ce visage impassible. Pas le moindre clignement des yeux.

Me voilà donc livrée à mon triste sort.

« Tu vas travailler pour moi. » ajoute- t-il sur

un ton mi paternaliste mi autoritaire.

Que dois-je répondre à cette injonction qui ne me laisse aucune porte de sortie ?

« Tu vas t'installer dans la maison. »

Ne sachant pas d'où m'est venu ce courage, j'ai osé cette question : *« Pour faire quoi ? »*

« Tu vas t'occuper de ma mère. »

Ah la vieille mère avec laquelle je devais partager le déjeuner. La voilà enfin ! »

7

- « Et alors, qu'as-tu fait ? »

- « Que veux-tu que je fasse ? … Tu sembles ne pas comprendre la situation. Avais-je le choix ? »

- « Non, je sais. Je sais que tu ne pouvais plus retourner à Port-au-Prince dans ta famille d'accueil. … Mais, cette dame, existait-elle vraiment ? »

- « … Je me suis posée cette question moi aussi. … Oui mon fils, cette personne existe vraiment. … J'aurais préféré qu'elle n'ait jamais croisé mon chemin. ... J'ai quitté une prison pour entrer dans une autre bien plus terrible. … Dans ma première prison, j'y avais été placée par le sort, j'étais mal née et ce n'était pas de ma faute. Dans celle dont je te parle à l'heure actuelle, j'y suis entrée de mon plein gré. C'est à croire que ce sort qui s'acharne sur moi depuis mon premier cri de bébé a conservé une « particulière affection » pour moi. A la réflexion, je comprends à présent la signification de ces regards furtifs. …J'ai cru un instant qu'il s'agissait d'une attitude envieuse. Je suis arrivée dans l'automobile du maître, assise à ses côtés. ... J'ai été servie à la cuisine comme une princesse. … J'ai dormi plus que de raison. ... Mais en réalité, je penche plutôt vers une forme de compassion. Tous ces gens avaient pitié de moi, sachant à l'avance, ce qui m'attend. »

- « Que veux-tu dire maman ? »
- « Avant toute chose, j'ai été conduite dans la chambre que je dois occuper dans le cadre de mon travail.

A l'intérieur, je découvre au premier coup d'œil et à mon grand étonnement, des affaires de femme.

Je dois à ce qu'il paraît, pouvoir trouver mon bonheur dans ce lot de vêtements usagés, posés pêle-mêle sur le lit. C'est à moi de faire le tri de tout cela et d'organiser ma vie à ma guise dans ce nouvel environnement à intégrer et à apprivoiser le plus rapidement possible.

Après avoir inspecté ma chambre jusque dans les moindres détails, et effectué ce premier tri me permettant en toute indépendance de choisir une tenue vestimentaire plus adéquate par rapport au standard vestimentaire en vigueur au domaine, en remplacement de mes habits du dimanche qui commençaient à donner des signes de fatigue évidents, comme on dit communément dans certains milieux à Port-au-Prince, pour indiquer à quelqu'un, qu'il est temps de pousser la porte du pressing.

Le temps d'imaginer ma vie dans ce lieu, je poussai ma curiosité hors des murs de cette pièce.

En sortant de ma chambre, je me suis arrêtée un instant devant ma porte. A droite un couloir, à gauche le même couloir.

Pile, je commence l'exploration à droite, face, par la gauche.

Instinctivement, je prends le côté gauche de ce couloir qui se termine par un cul-de-sac.

Arrivée au fond du couloir, je suis intriguée par une odeur rappelant l'hôpital. Il faut dire que j'ai un odorat très développé. Tu le sais.

C'est de la dernière porte au fond du couloir, de surcroît fermée à clé, qu'exhalait cette odeur caractéristique rappelant l'hôpital.

Je fais demi-tour et pris la direction du vestibule.

En arrivant dans le vestibule, j'aperçus le maître en grande discussion avec le grand noir.

«Tu tombes bien ! » lance le maître.

« Isidore va t'expliquer à quoi va consister ton travail. » ajouta-t-il avant de s'éclipser.

Ah enfin ! Le grand noir s'appelle Isidore. Information très utile et très importante. Je suis heureuse de savoir que ce visage noir ébène, n'était pas le fruit de mon imagination.

Isidore m'invita donc à le suivre.

Retour dans le couloir en sens inverse vers la porte fermée à clé. »

8

- « Je le suis comme son ombre.

Il s'arrêta devant la porte fermée à clé.

Il sort un trousseau de clés de sa poche, puis, choisit une clé qui permit d'ouvrir cette pièce d'où provient la forte odeur d'hôpital.

Grosse surprise. Grosse panique.

Comment puis-je imaginer un seul instant, l'existence d'une infirmerie avec un tel niveau d'équipement à l'intérieur de la maison du maître ?

En un éclair, j'ai compris les raisons de ma présence au domaine, et pourquoi le maître tenait tant à me recruter.

Je suis persuadée qu'il y a eu une autre personne avant moi à ce poste. Les vêtements de femme trouvés sur le lit peuvent l'attester.

S'il en est ainsi, je me demande pourquoi a-t-elle a abandonné ce travail que je commence à redouter avant même de savoir de quoi il s'agit.

Isidore me fait pénétrer dans la pièce, la première.

Il s'arrête un instant et, en me regardant droit dans les yeux, me demande si je veux vraiment faire ce travail.

Cette façon de s'adresser à moi, semble me mettre en garde contre quelque chose dont je ne peux ni identifier, ni mesurer le degré de dangerosité.

En me posant cette question, son visage ne s'était pas départi de son sérieux habituel. Bien au contraire. J'ai cru déceler dans ses yeux, une inquiétude, une sorte de mise en garde. Il semblait me dire : Fillette, il est encore temps de renoncer.

Mais, au lieu de prendre mes jambes à mon cou, et retourner à Port-au-Prince implorer maman Aïda de me reprendre à son service, poussée par je ne sais quelle stupide bravoure, j'ai osé cette question somme toute légitime :

« C'est quoi ce travail ? »   .

Isidore me regarda encore une fois de manière insistante, garda le silence pendant quelques secondes, puis :

« ***T'occuper de la Señora Melania.*** » ajouta-t-il sèchement.

56   Instants Ultimes
© Nathanaël AMAH , 2018   NATHAM Collection

« ... Et c'est qui cette Señora Melania ? »

« La mère de Monsieur .»

Je comprends alors qu'à deux pas de ma chambre, il existe une unité de soins dans laquelle tous les équipements (*qui feraient pâlir de jalousie l'hôpital central de Port-au-Prince*), indiquent l'importance du statut et de la pathologie de l'occupant.

« ... Et elle est où ? »

« Derrière le rideau. »

« Quel rideau ? »

En effet, je n'ai pas remarqué que la pièce est séparée en deux parties par un rideau opaque de couleur grise.

« ... Tu veux dire que la Señora est derrière ce rideau ? »

« Oui. »

« Pourquoi ? ... Elle ne sort jamais ?»

« … Je ne peux te le dire que si tu acceptes ce travail. … Réfléchis bien avant de me répondre. »

Toujours mue par cette stupide bravoure qui m'empêcha de voir clair dans cette attitude et de mesurer les conséquences immédiates de ma réponse si toutefois elle est positive, alors, quelques instants plus tard, je répondis sur un ton faussement assuré :

« Oui je veux ce travail. »

Je lus sur le visage d'Isidore, une expression d'effroi. Il semble étonné de ma réponse.

Mais après tout, n'a-t-il pas manœuvré très habilement *(je dois le dire)* , afin d'obtenir cette réponse ? La curiosité, n'est-elle pas une seconde nature chez la femme ?

De plus, du haut de mes seize ans, suis-je en capacité de discerner les enjeux ? Dans tous les cas, il sait ce qu'il faisait. Il n'est pas de mon côté. Il est au service du maître avec pour mission d'exécuter les ordres du maître qui veut à tout prix, une nurse pour s'occuper à plein temps de sa mère.

Qui peut lui reprocher cela ? Pas moi en tout cas. Isidore avait tenté de me sauver de cet enfer, mais je n'avais pas su capter le message.

Ainsi, les lourdes portes de ma nouvelle prison se refermèrent sur moi à tout jamais.

Quelle imbécile j'ai été ! Oh mon Dieu, quelle imbécile je suis ! »

- « Et de quoi souffrait cette femme ? »

- « Mon garçon, c'était affreux !

La mère du maître souffre d'une terrible maladie de peau qui la maintient dans une souffrance atroce à longueur de temps.

En la voyant pour la première fois, j'ai expérimenté une émotion d'une violence extrême. Il n'y a aucune différence entre sa peau et celle d'un reptile. Tu peux imaginer ce que cela peut être. De plus, ce qui lui servait de peau, est une plaie permanente qui suinte sans cesse. En conséquence de quoi, et pour éviter la surinfection, le confinement avait été préconisé par le médecin, ami de la famille qui passe une fois par semaine apporter les différents produits permettant d'assurer la continuité des soins et garantir une asepsie totale.

Mon rôle auprès de cette personne, consistait à lui faire sa toilette intime chaque fois qu'il est nécessaire de le faire, à assurer les soins médicaux quotidiens, à gérer le linge souillé, à l'aider à s'alimenter, ayant perdu toute autonomie conséquemment à la fonte de ses muscles de par son inactivité.

Le plus dur, c'est la quasi impossibilité de la toucher sans provoquer des cris de douleur insupportables.

Paradoxalement, cette dame a conservé une acuité intellectuelle intacte.

Elle était consciente de son état et voulait en finir avec la vie.

A seize ans, comment appréhender la portée

exacte de ces sujets de conversation que j'ai avec elle, mêlant invariablement la religion, la mort, la vie etc … ?

Je ne savais pas lire à cette époque. Je n'ai pas été scolarisée. Donc, je ne peux pas lui lire la bible. Un grand regret pour elle, car il faut attendre l'après-midi du dimanche pour que le curé de la paroisse puisse passer lui apporter un peu de réconfort et lui faire la lecture de certains passages de la bible. C'est elle qui m'avait exhortée à apprendre à lire.

Les rayons du soleil lui étant insupportables et néfastes, elle ne peut donc pas mettre le nez dehors. En conséquence, je suis assignée à m'asseoir auprès d'elle pendant de longues heures, dans la pénombre de cette chambre médicalisée, inhalant cette odeur d'hôpital, attendant encore et encore qu'elle finisse par s'assoupir.

Je ne souffre d'aucune maladie, mais je suis astreinte à la même vie qu'elle, devant calquer la mienne de vie sur les nécessités de ce travail qui peu à peu avaient fini par me rendre neurasthénique.

Au fil du temps, je suis devenue une bête sauvage, ne pouvant plus discerner le jour de la nuit. Je ne savais plus si je mangeais ou si je buvais. J'étais incapable de considérer ma propre personne comme un être vivant, de chair et de sang. Je n'étais plus capable de ressentir la moindre émotion.

J'étais totalement déconnectée de la réalité, à un tel point, que je ne m'étais même pas aperçue que le grand noir prénommé Isidore, venait dans ma chambre régulièrement abuser de moi. »

9

- « Quelques semaines plus tard, mon ventre commença à s'arrondir des œuvres de ce grand noir.

Ma mère de substitution me signala la transformation qui s'opérait dans mon corps. Cela se devinait aisément sous mes robes et dans ma manière de me comporter face à la nourriture. Allusion à mes vomissements à répétition.

Elle me conseilla de porter des robes plus amples pour essayer de dissimuler le désastre. Car mon état était un vrai désastre, une bombe à retardement.

Elle comprit ce qui s'est passé sans que je lui explique par le menu la chronologie des faits. D'ailleurs, comment aurais-je pu expliquer les choses ? Je ne vivais plus dans mon corps. J'étais victime du dédoublement de ma personnalité, tellement il me faut être dans un état second pour supporter l'ampleur de l'horreur que m'impose le travail de nurse que je dois exécuter tous les jours.

Je suis comme une zombie exécutant des gestes mécaniquement auprès de la Señora.

Je ne saurais même pas dire l'effet que cela fait de perdre sa virginité et quel jour cela s'est passé. Je suis comme une poupée inerte dont le grand noir prenait possession à discrétion, nuit après nuit.

Chez la plupart des jeunes filles, ce jour là est

un jour à marquer d'une pierre blanche, un jour dont on se souvient toute sa vie.

Moi, je n'en ai aucun souvenir.

Vois-tu mon fils, comment ma vie de « femme » a commencé ?

Quel désastre !

Quelle misère !

Pourquoi le Dieu du ciel a-t-il permis cela ?

Pourquoi moi ?

Qu'ai-je bien pu faire pour mériter un tel châtiment ? Depuis si longtemps ?

Informé de la gravité de la situation, Isidore, en concertation avec elle, prit la décision de m'exfiltrer du domaine.

Cette décision s'impose d'elle-même face à une situation potentiellement explosive.

En effet, comment expliquer au maître que la

nurse de sa pauvre maman qu'il a été lui-même chercher devant l'église, est tombée enceinte ? Et de qui ? Quand ? Comment ?

Le seul être mâle autorisé à pénétrer à l'intérieur de la maison, est monsieur Isidore, un peu comme les eunuques dans les harems. A la seule différence que, ces malheureux eunuques étaient castrés. Isidore, ne l'est pas. De plus, il est le bras droit du maître, celui murmure à l'oreille du maître.

C'est un privilège rare que d'être le bras droit du maître dans un domaine à cette époque. Par conséquent, absolument rien ne peut venir contrecarrer ce statut particulier qui confère quelques menus avantages à son détenteur.

Parmi ces avantages, principalement, celui qui donne le droit de commander les autres et d'être à l'abri des désagréments consécutifs aux conditions de travail particulièrement dures dans les plantations.

Isidore n'est pas disposé à perdre tout cela parce que je suis enceinte de ses œuvres. C'est le cadet de ses soucis. D'ailleurs, comment peut-il s'émouvoir d'une « chose » comme moi, cette espèce de défouloir qu'il est bien commode de trouver sur son chemin lors de son inspection quotidienne pour voir si tout va bien à l'infirmerie ?

Pendant que ma mère de substitution et le futur père de mon enfant peaufinent leur stratégie concernant mon exfiltration du domaine, pour ma part, rien n'avait changé dans ma vie.

Le train-train quotidien, les toilettes intimes, les odeurs d'hôpital devenues insupportables de part mon état de femme enceinte, les cris de douleurs, etc etc … »

10

- « Le temps passait lentement. Les journées paraissent interminables. Le rythme des soins est réglé comme du papier à musique. Je découvrais les « joies » de la grossesse, entre larmes et colère. Je ne me sentais pas assez forte pour haïr ce grand noir que je devrais exécrer. Il a pris mon innocence sans que je puisse faire quoi que ce soit contre lui. Je n'avais personne pour me défendre et demander réparation.

C'est le seul bien que j'avais et pour lequel, personne n'avait encore essayé de porter atteinte.

Il m'a pris le seul bien dont j'étais détentrice, le seul bien pour lequel je n'avais pas à avoir l'obligation de demander la permission pour sa conservation, et pour lequel je n'étais pas redevable vis-à-vis de qui que ce soit.

Je veux parler de ma virginité.

A part cette innocence, je n'avais rien d'autre à opposer à autrui dans les combats qui ont émaillé ma vie jusqu'à cet instant fatidique où j'ai fait preuve de légèreté en acceptant le job.

Je n'avais ni instruction, ni richesse. Je n'avais pas de lignée pour me servir de rempart. Je n'avais ni père ni mère pour refuge. J'étais seule au monde.

Toutes les conditions idéales pour mettre en

relief mon statut de fille de rien, conditions idéales pour aiguiser l'appétit vorace des prédateurs de tout poil.

Le grand noir était mon rempart face à l'adversité en arrivant au domaine. Celui dans les yeux duquel je pouvais lire les oracles : un clignement des yeux pour me dire oui, l'absence de clignement, synonyme de désapprobation.

Pour moi, les règles étaient simples. Il faut dire que j'avais inventé ces règles pour me sentir soutenue, guidée, protégée.

Mais, qu'ai-je eu en retour ? Si ce n'est cette chose appelée embryon qui se développait en moi à la vitesse grand V, qui se nourrissait de moi et du peu dont je disposais pour survivre. Je n'étais pas bien épaisse.

Alors à partir de ce moment, comment, aurais-je pu croire encore en l'humanité des hommes ? Sinon, à quoi me raccrocher ? Sur qui m'appuyer ? Sur ma mère de substitution qui complote allègrement pour m'exfiltrer du domaine, afin que les privilèges de monsieur

Isidore soient préservés ? Sur la señora, moitié femme moitié reptile et qui a un pied déjà dans la tombe ? Sur le maître du domaine pour lequel, mon sort est le cadet de ses soucis pourvu que sa reptile de mère soit toilettée et soignée ? … Sur qui ? Dis-moi mon fils, sur qui ?

Et puis un soir, alors que tout semblait calme, ma mère de substitution vint me chuchoter à l'oreille de me tenir prête.

Prête pour quoi ?

Je viens de terminer mon service. La señora s'est enfin endormie.

Je ne rêve que d'une seule chose : aller rincer mon corps souillé, retrouver une certaine fraîcheur et me mettre au lit. Prendre quelques heures de repos avant que la señora ne fasse un faux mouvement dans son sommeil et se mette à hurler de douleur.

La consigne du maître est claire : ne jamais laisser sa mère souffrir inutilement. En clair, se précipiter dès qu'elle se met à hurler.

Tu sais mon fils, pendant des mois, j'ai pris l'habitude de dormir avec une partie de mon esprit dans mon lit, et l'autre, dans la chambre médicalisée.

J'ai une dette de sommeil colossale. Mon corps m'en fait régulièrement le rappel. Ma nuque est raide comme du bois. Que dire de mon cœur ? Il peut lâcher à tout moment.

Je suis prise de tremblements à longueur de journées. Mes réserves lacrymales sont largement déficitaires. Je m'étiole tout doucement, mais sûrement. Mes jours sont comptés.

Et c'est au moment où j'aspire à un peu de repos que, ma mère de substitution vient me dire de me tenir prête.

Je suis loin de m'imaginer la suite de ce début de nuit, à commencer par le maître qui s'éternisait sur la véranda.

De là où il est placé, il pouvait voir tous les mouvements de son personnel. Impossible de sortir de la maison sans se faire voir ou se faire interroger, surtout s'il me voit avec mon baluchon.

Il faut attendre. Encore et encore.

Je ne pouvais plus résister à l'envie de dormir. Alors, j'ai sombré dans un sommeil profond.

Quelques instants plus tard *(quelques heures plus tard)*, j'ai émergé de mon sommeil, couchée à l'arrière d'une automobile qui roulait à vive allure en direction de je ne sais où. Outre le conducteur, il y avait une femme assise côté passager. Une forte odeur d'herbe flotte dans l'automobile.

Je suis incapable de me rappeler si je suis sortie de ma chambre sur mes deux jambes ou si j'avais été portée par je ne sais qui. Un vrai mystère. »

11

- « Et ils t'ont amenée exactement où ? »

- « Je l'ai su bien plus tard.

L'automobile roula pendant des heures, à vive allure, sans jamais s'arrêter.

Étendue sur la banquette arrière, je n'ai pas pu suivre le parcours dans son intégralité. Parfois, j'ouvrais les yeux pendant de longues minutes.

Il faut dire que je suis régulièrement réveillée par les violentes secousses des roues qui ne peuvent éviter les nids de poule nombreux sur cette route m'amenant dans la nuit noire, vers je ne sais quelle destination.

Bien des fois, je dressais l'oreille, tentant de capter des bribes de conversations entre le conducteur et sa passagère qui, tous les deux, parlaient à voix basse.

Parfois je sombrais à nouveau dans ce sommeil qui m'a fait tant défaut ces derniers mois.

Ce n'était pas le lieu idéal pour dormir, mais je pouvais le faire sans être sur le qui vive, craignant un appel de la señora au milieu de la nuit.

Une fois encore, ma vie avait pris un virage dont je ne suis que la spectatrice que d'aucun qualifierait de consentante, puisque : qui ne dit mot, consent.

Encore faut-il que le choix de ma vie puisse m'incomber en premier lieu.

Depuis ma naissance, comme je te l'ai dit, mes choix personnels ont été très très limités, voire inexistants. Alors, lorsque d'un commun accord, le grand noir et ma mère substitution ont pris la décision de m'exfiltrer du domaine, ils ont pris cette décision sans mon accord, sans m'avoir consultée.

Peut-être, le maître m'aurait gardée à son service malgré tout, et accepter l'enfant qui grandissait dans mon ventre ?

Peut-être, aurait-il fait de cet enfant son héritier ou son héritière ? Qui sait ?

Je sais par le truchement des confidences de la señora que, le maître n'a pas d'héritier. La raison : la femme qu'il aimait profondément l'avait quitté pour épouser un « ami » de la famille. Oui, les amis servent aussi à ça : aider en cas de coups durs ou parfois, infliger des coups terribles dont on se relève très difficilement.

Avec le recul, et parce que je suis restée malgré tout profondément chrétienne dans mon âme, je n'ai pas gardé dans mon cœur de la rancune à l'égard de tous ces acteurs et actrices qui ont façonné mon existence.

Comme je l'ai également souligné, peut-être, sans leurs actions volontaires, involontaires, malveillantes, bienveillantes, je n'aurais pas pu rencontrer ce merveilleux homme qui est ton père.

Quand le plan divin est en marche, rien ne peut l'arrêter !

Au petit matin, l'automobile s'arrêta enfin devant une ferme.

La femme assise côté passager, descendit la première et me fit descendre ensuite. Elle me précéda et pénétra dans la ferme par le grand portail.

En un instant, je fus entourée par un groupe de femmes, sorties de je ne sais où. Elles ne s'exprimaient exclusivement qu'en espagnol.

Oui, je suis en république dominicaine.

Je ne sais pas comment ils ont réussi ce tour de force en me faisant traverser la frontière alors que, je ne suis détentrice d'aucune pièce d'identité en mon nom propre.

Encore faut-il que je puisse établir une filiation et un lieu de naissance avec précision pour prétendre demander et obtenir des papiers d'identité.

De plus, je ne parle pas un mot d'espagnol.

De toute part, j'entendais : « Hola ! » ce qui signifie « Bonjour » ou plus familièrement « Salut ! »

C'est incroyable la différence d'ambiance qui régnait dans ce lieu que je découvre pour la première fois, par rapport au domaine.

Toutes ces filles, de la première à la dernière, semblaient tellement gentilles et tellement heureuses que je me suis dit : la fin de mes souffrances est proche. Tout le monde peut se tromper. C'est sans compter avec ce fameux plan divin. »

- « Que veux-tu dire maman ? ».
- « Attends la suite !

La plus âgée des femmes, me prit la main et m'entraîna dans sa chambre.

Elle me donna du linge propre, et m'invita à aller prendre une douche.

A mon retour, un bol de bouillie à base de farine de maïs m'attendait.

J'avais faim. Je l'ai bue d'une traite. Elle me permit de m'allonger pour délasser mes reins en compote après ce long voyage qui m'avait mise en miettes.

A mon réveil, le problème crucial de la langue se posa avec une certaine urgence. Se parler au moyen de gestes, c'est bien mais, je ne peux exprimer les douleurs que ce voyage pénible et long, avait déclenchées dans mon bas-ventre. Il faut que j'arrive à communiquer avec ma nouvelle maman de substitution pour lui demander l'assistance d'un médecin.

Au cours du trajet, mes oreilles avaient réussi à capter des bribes de conversations entre le conducteur de l'automobile et sa passagère. Je crois qu'ils s'exprimaient en créole haïtien.

Le challenge, est de faire comprendre à ma nouvelle mère de substitution, que la présence de la passagère est indispensable pour me servir d'interprète.

Alors, je me suis mise à mimer la scène du voyage, essayant d'identifier le conducteur, puis la femme passagère du voyage, etc ...

Ce ne fut pas facile. Nous étions au point mort, quand tout à coup, le portail s'ouvrit, et la femme passagère pénétra à l'intérieur de la ferme.

Une lueur d'espoir traversa mon esprit. Mais espoir de courte durée. Elle ne vient pas pour moi. Elle ne vient pas pour prendre de mes nouvelles et partager un bol de bouillie de farine de maïs avec moi. Elle vient chercher les filles pour les conduire au travail dans un minibus. »

- « Tu dis au travail ? »

- « Oui mon fils, au travail !

C'était une ferme qui abrite des prostituées. Elles partent le matin, et reviennent à la nuit tombée.

Vois-tu mon fils où j'étais tombée ? Je pensais avoir atteint le fond, mais … .

Naïvement, je me sentais protégée par ma grossesse.

Quel est ce client particulier qui voudrait d'une prostituée portant un enfant dans son ventre ?

J'étais bien loin de la réalité.

Dans cette ferme, nous étions trois à être enceintes. Nous étions dispensées de trottoir. Gros privilège en effet ! Merci aux tenanciers de nous éviter d'arpenter des kilomètres de trottoir afin de ménager notre petite santé qui est le fond de commerce à protéger à tout prix.

C'est aux clients ayant ce penchant de se déplacer jusqu'à nous *(dans ce minibus aller-retour, généreusement affrété par la ferme)* pour s'adonner à cette passion qui consiste à coucher avec une prostituée enceinte.

Comment expliquer cela ?

Je ne dis pas que, dans des conditions « normales » ou qualifiées comme telles, dans le secret d'une chambre abritant l'amour d'un homme et d'une femme, faire l'amour en pareille circonstance, c'est tout simplement la continuité de la vie intime du couple : en réponse à un besoin physiologique ou bien encore, à la nécessité impérieuse pour la femme de vérifier son degré de séduction vis-à-vis de son mari, amant ou autre individu consentant, en rapport avec la déformation programmée et progressive de son corps.

Mais jusqu'à ce jour, je n'ai pas réussi à entrevoir la moindre explication permettant de justifier ce penchant qui consiste à prendre de force et sans ménagement, une femme engrossée à la suite d'un viol, une femme estampillée « femme de vie », ou en d'autres termes, et sans vouloir faire un mauvais jeu de mots, une femme qui est sur le point de donner la vie.

Même si cette femme est une femme de rien, une femme qui ne compte pour personne, elle mérite le respect parce qu'elle est capable de donner la vie.

Tu sais mon fils, hormis l'épisode des viols à répétition, perpétrés par le grand noir, je n'avais aucune idée de comment les choses devraient se passer entre un homme et une femme. Je n'ai pas eu de maman pour me l'expliquer.

D'après ce que la vie m'a enseigné par la suite aux côtés de ton père, la relation homme femme, c'est une suite de moments délicieux entrecoupés de crises, de pleurs, d' angoisses.

Sans ton père, je crois que je n'aurais jamais eu la chance de voir l'autre côté de la vie, de goutter au bonheur auquel chacun a droit, et ne pas continuer vivre dans cette amertume perpétuelle qui était devenue la norme pour moi.

Merci à cet homme merveilleux, que tu as à peine connu, et qui malheureusement a été rappelé trop tôt par ce Dieu qui n'a pas cessé de m'infliger des épreuves, alors que tu avais à peine deux ans. Paix à son âme. »

12

- « Je suis allée rejoindre le quartier des filles enceintes. Elles étaient soulagées de me voir arriver. Chacune ayant à cœur de profiter de mon arrivée pour prendre un peu de repos et panser son corps meurtri, mille fois secoué pas de véritables brutes. Certains d'entre-elles, étaient à leur première expérience de femme enceinte.

Nous sommes considérées comme des bêtes de foire, à la seule différence que, les bêtes restent dans leurs enclos sans que quiconque vienne profaner le côté sacré de la gestation.

La nouvelle de mon arrivée, a fait le tour de ce milieu très spécial composé de natifs dominicains et de touristes de passage dans la capitale. Très vite, l'affluence à la ferme a grimpé en flèche.
Les rotations du minibus affrété, figurent en bonne place dans cette statistique.

Les portes des deux autres filles enceintes sont désertées au profit de la mienne à mon grand regret.

Mes journées sont terribles. Elles sont rythmées par un réveil aux aurores, une longue activité au cours de la journée qui peut se prolonger tard le soir.
Les retrouvailles avec mon lit après ma douche du soir sont un moment très attendu et un grand soulagement pour mon corps et mon bébé.

Je suis devenue une vraie loque humaine, pire

qu'au domaine où j'étais uniquement assignée à veiller et soigner la señora dont l'état physique inspirait l'effroi et le dégoût.

Je ne sais pas comment ma grossesse ait pu tenir jusqu'à son terme, malgré les cadences infernales imposées par les nécessités *(voire les obligations)* de rendement à la ferme.

Mon bol de bouillie à la farine de maïs, me coûtait cher. C'était à peu près le seul aliment que mon estomac acceptait de garder.

Le temps s'est écoulé, inexorablement.

Les filles dont la grossesse était arrivée à son terme, quittaient la ferme pour rejoindre une autre ferme-maternité dans laquelle une sage-femme à la retraite arrondissait ses fins de mois.

Quelques jours après l'accouchement, lorsque tout se passe bien, les filles revenaient rejoindre l'équipe qui bat le pavé dans le quartier du port, non loin des grands hôtels.

Puis, ce fut mon tour. Cela arriva alors que

j'étais en mains. Je ressentis une violente douleur dans les reins. J'étais persuadée qu'il s'agissait des conséquences de ce rapport que j'étais en train de subir depuis plusieurs minutes, rapport particulièrement violent infligé par un habitué qui me trouve à son goût.

Peut-être, à cause de mon attitude qui consistait à serrer la mâchoire pour éviter d'hurler, ce qui se traduisait chez ce client par la nécessité de cogner en moi encore plus fort pour parvenir *(sans résultat)* à me faire crier.

Je ne peux en vouloir qu'à moi-même sur ce coup là..

Oui mon fils, tu peux imaginer ce que j'ai enduré.

Je sais ce qu'est la douleur. La vraie qui vous est infligée sans raison aucune, gratuitement, méchamment.

A mon arrivée à la ferme-maternité, je fus prise en charge par cette dame tout de blanc vêtue, qui donne l'impression d'avoir vu du pays.

Un rapide examen, lui permit de m'orienter directement vers la salle d'accouchement sommairement équipée.

Quelle femme n'a pas craint ce moment si particulier dans sa vie ?

Pour la plupart, cette sensation d'être entre la vie et la mort, au moment où l'enfant déchire la mère pour sa première bouffée d'oxygène, l'angoisse ainsi générée, est atténuée par une présence familière et aimante : une mère, un mari, une sœur, … .

Moi, fille de personne, j'étais seule comme d'habitude, même pendant cet instant où une main amie, serrant la mienne, ne serait pas du luxe.

J'avais pris la triste habitude d'intérioriser mes douleurs, mais, ce jour-là, non seulement j'avais pleuré toutes les larmes de mon corps, je m'étais autorisée à hurler ma douleur au moment de l'enfantement, pour que Dieu entende ce cri de détresse parmi les millions de cris qu'il entend à longueur de journée. J'ai crié si fort que la sage-femme s'était sentie obligée d'avoir un geste affectueux envers moi, après avoir posé ma petite Maria sur mon ventre, en me caressant les cheveux. Je pouvais être sa fille. Elle avait sentie cette détresse qui avait pris possession de moi et dont je ne pouvais me défaire.

Oui mon fils, tu n'es pas un fils unique. Tu as une grande sœur, prénommée Maria. »

- « Et elle est où cette personne ? »

- « Je ne sais pas, mon fils. Pourtant je l'ai cherchée pendant longtemps, pendant très longtemps. D'abord toute seule avec l'énergie du désespoir, puis avec ton père qui a mis les moyens pour la retrouver, mais en vain. …

Il t'appartient de la retrouver si tu veux et si tu peux consacrer un peu de ton temps à cette recherche, et ainsi former cette fratrie dont j'ai toujours rêvé. Souviens-toi de ceci : les plus grands actes d'amour sont toujours les plus difficiles à accomplir. Si tu m'aimes, fais le pour moi. Je te le demande comme un service. Retrouve ta sœur.

D'où je serai, je veillerai sur vous.

Retrouve ta sœur, s'il te plaît, même si son père est l'homme que j'ai haï le plus au monde durant ma vie entière et que je continue de haïr. . Promets le moi. »

13

- « Maman, comment penses-tu sincèrement
que je puisse rechercher cette femme qui est à
mes yeux , et le restera à jamais, la fille de ce
salaud qui a abusé de toi et qui n'a pas hésité
une seconde à te vendre à ce réseau de
prostitution aux fins de préserver à tout prix
ses privilèges ? ...

Crois-tu sincèrement que j'ai envie de voir le visage de cet homme à travers celui de sa fille quel qu'il soit, innocent ou abritant sous son aspect possiblement angélique, l'âme du diable réincarné dans cet homme dont elle est issue et que j'exècre de façon définitive ?

Probablement, c'est une fille innocente : tu l'as nourrie de ton sang, elle est est une partie intégrante de toi, et je sais quelle personne de bien tu es. Je te le répète.

Tu es remplie d'une humanité qui selon l'acception de cette expression, place l'être humain au centre de tout, toi dont l'humanité a été niée depuis le jour de ta naissance. …

Tout au long de ma vie, tu me l'as prouvé et je ne cesserai jamais de te remercier pour cela, de m'avoir montré une autre facette de la vie, autre que celle que tu as connue au début de ton existence. Sois bénie pour cela. Je t'aime maman.

Mais l'atavisme peut faire d'elle, la copie-conforme de ce salopard qui ne mérite pas de vivre un seul instant sur cette terre.

Tu peux comprendre aisément alors, que je ne puis te faire cette promesse parce que, je serai dans l'incapacité morale de la tenir. ... Pardonne-moi maman.

... Et mon père, comment tu l'as connu ? »

- « Je te trouve cruel vis-à-vis de ta sœur.

Permets-moi de te le dire en face. ... Regarde moi quand je te parle !

Comment peux-tu la condamner sans savoir ce qu'elle est devenue et le genre de personne qu'elle est ? ...

Peut-être qu'elle en bave elle aussi, comme moi quand j'avais son âge. Qui sait ? Dieu seul sait où elle se trouve au moment où je te parle. ...

Je suis surprise de constater que tu ne me demandes pas comment j'ai perdu sa trace.

Je suis surprise de voir que tu nies l'existence de cette personne qui n'a pas demandé à venir au monde. Exactement comme ces personnes qui ont nié mon existence. Comment peux-tu te comporter de la sorte ?

Ce n'est pas de cette façon que je t'ai éduqué mon fils. La tolérance doit être la règle, et non l'exception. …

Tu me déçois beaucoup.

Ressaisis-toi !

Si j'ai perdu la trace de ta grande sœur dès le jour de sa naissance, c'est simplement parce que dans cette ferme-maternité, les bébés étaient confiés *(à ce qu'il paraît)* à des familles d'accueil fortunées.

Elles garantissent aux enfants une vie au quotidien meilleure que celle nous pourrions leur offrir de par nos conditions de vie et nos origines. Nous étions tout à fait convaincues mes camarades d'infortune et moi-même que, ces familles d'accueil étaient une chance pour nos enfants. Du moins c'est ce que je croyais avant d'avoir examiné la situation par l'autre bout de la lorgnette, une fois mariée.

Ton père et moi avions soupçonné un trafic d'enfants issus de la prostitution et avions engagé depuis ici au Canada, des détectives privés pour y faire toute la lumière. En vain !

Ce réseau était prospère.

A cette époque, la probabilité de tomber enceinte, faute de protection suffisante et de contraception scientifiquement élaborée, était très forte.

La plupart des prostituées finissaient au moins une fois *(tôt ou tard)* par connaître cet épisode douloureux au cours de leur carrière, même si à la ferme, nous avions l'obligation de consommer tous les soirs, une potion sensée nous prémunir contre la grossesse en cas d'accident. C'est à se demander si dans nos lots de préservatifs, il y en avait pas quelques uns qui étaient défectueux pour provoquer leur rupture au cours de l'acte.

Parfois ça marchait, parfois ça ne marchait pas.

Ce qui permettait d'alimenter le pool des

filles pour les clients spéciaux.

Pour répondre à ta question concernant ton père, voici ce qui s'est passé.

Après mon accouchement, j'avais été mise au repos pendant deux semaines. J'avais perdu beaucoup de sang. Et lorsque la sage-femme m'a déclarée apte à reprendre du service, j'ai rejoint la brigade des filles du port.

Je pouvais dès lors sortir de cette zone de confinement pendant la journée, pour ne revenir que le soir.

Voir des gens, rencontrer des personnes autres que celles de mon entourage immédiat à la ferme, ça changeait tout pour moi.

Déambuler à ma guise, faisait de moi une autre personne. Mes pas me conduisaient où je voulais, où ils avaient décidé de me conduire.

Choisir mes clients, me conférait un pouvoir tout neuf, un pouvoir dont je pouvais abuser, selon mon humeur.

Ma mentalité avait changé. Mon apparence aussi. Je peux me maquiller. Je peux choisir dans le stock des vêtements, ceux qui me plaisaient. Des vêtements frais et non multi-usagés dont je devais me contenter au domaine.

Mon corps a évolué vers celui d'une femme d'âge mûr. Les traits de mon visage, traduisent cette évolution. Néanmoins, sur mon visage, on peut deviner une certaine lassitude à travers ces ridules autour de mes yeux sans oublier les poches formées à la suite de mes longues nuits sans sommeil.

J'avais à peine vingt ans et déjà, le poids des années pouvait se lire sur ce visage qui, à l'aube de cette métamorphose, était encore celui d'une adolescente frêle et innocente.

J'avais définitivement quitté ce monde de l'adolescence qui m'avait brisée dans tous les sens du terme.

Je me suis surprise à aimer ce que je faisais.

Que penserait l'académie de médecine de

cette constatation ?

Qui peut croire cela ? Aimer faire la pute !
Qui peut croire ça de ma part ? Moi qui,
durant toute ma chienne de vie au service des
autres, à la merci des hommes, je me
découvre une certaine passion pour le sexe
tarifé. Recevoir de l'argent : cela me procurait
un effet euphorisant. Je valais quelque chose
dans la société des Hommes. On paie pour
m'avoir. J'avais un prix.

Au départ, je n'ai pas compris ce qui
m'arrivait.

En clair, partir de la ferme le matin, me
procurait une certaine euphorie.

De plus, je commençais à comprendre les
rudiments de la langue espagnole. Je pouvais
formuler des phrases entières. Mon accent
faisait rire les clients et me rapprochait d'eux.
J'avais beaucoup de succès. Je m'octroyais
ainsi une certaine liberté, sans avoir à me
coltiner une des filles qui se chargeait de
m'expliquer les desiderata des clients.

Mon expérience dans le quartier des filles enceintes, n'avait rien à voir avec ce que j'ai découvert sur le terrain.

Effectivement, pour avoir subi ce que j'ai connu dans le quartier spécial, être dans la rue, au grand air, me faisait penser à une colonie de vacances, toute proportion gardée.

La comparaison s'arrête à cette ambiance bon enfant dans le minibus au départ de la ferme.

Certaines filles chantaient, probablement pour se donner du courage, et masquer cette angoisse qui pouvait se lire sur leur visage.

A cela s'ajoute, cet esprit que d'aucun qualifierait d'esprit corporatiste, qui consistait à se serrer les coudes afin de se protéger les unes les autres, de maintenir ce lien indispensable à la cohésion du groupe.

Tu imagines la réaction d'un psychanalyste qui entendrait une patiente lui révéler qu'elle a aimé faire la pute ?

Un tel aveu aurait nécessairement suscité une

certaine méfiance. Non pas à cause de l'objet de l'aveu en lui-même, mais à cause de ce qui se cache derrière, et qui serait la réalité de ma vérité *(aussi opaque soit-elle)* exactement dans l'état où je l'avais profondément et définitivement enfouie dans un coin reculé de mon subconscient, tellement enfouie que le système de défragmentation de dernière génération, le plus sophistiqué, n'aurait pas permis d'extirper les fragments de cette vérité dont je te parle depuis le début de cet après-midi. »

14

- « Un jour, alors que je déambulais dans le quartier colonial non loin du port, je fis une petite pause devant la vitrine d'un restaurant appartenant à un grand hôtel qui abrite une clientèle internationale.

Je me suis arrêtée pour admirer à travers la vitre, ces femmes venues d'ailleurs, richement vêtues. Je voulais observer leurs manières de se comporter à table. Va savoir pourquoi !

C'était de ma part, une simple curiosité, sachant que, jamais je ne pourrais me trouver dans un tel lieu et faire ces gestes pour lesquels j'étais pétrie d'admiration, mais pas d'envie.

Avoir envie est un luxe dont je ne peux prétendre, de par ma condition, lourdement chargée par une naissance et une évolution qui ne me prédisposent pas à éprouver un tel sentiment.

J'avais appris à rester à ma place. Si je passais mon temps à avoir des envies, mon âme n'aurait jamais eu de repos. J'avais tant et tant de retard à combler.

Ce jour là, je portais une jupe fleurie, un haut tout blanc, une fleur d'hibiscus dans les cheveux et des espadrilles fleuries à mes pieds.

Ma tenue du jour ne trahissait nullement ma profession. Je pouvais paraître comme une touriste ou une indigène tout à fait normale, regardant la carte des menus.

Il faut dire que j'aime bien regarder la carte des menus. Je ne maîtrisais pas la lecture, mais je pouvais déchiffrer certains mots en français, la seule langue internationale que je connaissais et que je parlais en Haïti hormis le créole haïtien.

Soudain, une des serveuses du restaurant vint tout près de moi, et me chuchota à l'oreille que je suis invitée à déjeuner à l'intérieur.

Ma première réaction fut de faire un pas sur le côté et de tenter de prendre la fuite. Mais, la serveuse qui probablement me connaissait dans le quartier, ajouta : *« c'est ton jour de chance, à ta place, je n'hésiterai pas... »*.

Mélange de surprise et d'effroi.

En une fraction de seconde, je fus envahie par le souvenir de cette invitation du maître devant l'église, et de ce qu'il en était advenu de sa promesse d'un simple déjeuner avec sa vieille mère.

Je fis un autre mouvement de recul me permettant de m'éloigner de la vitrine mais, la serveuse me retint par le bras.

« Viens, n'ai pas peur ! » ajouta-t-elle.

Quel tour pendable la vie allait-elle encore me jouer ? Le diable, cette fois-ci, aurait-il pris les traits de cette serveuse au visage gentil et rassurant ?

Je me suis sentie perdue. Je suis tétanisée. Je ne peux ni parler, ni bouger. Le sol se dérobe sous mes pieds. Mais, à force de persuasion, la serveuse réussit à me faire entrer dans le restaurant.

Je l'ai suivie comme son ombre jusqu'à une table à laquelle je fus invitée à m'asseoir.

A cette table, il y avait un homme blanc d'une quarantaine d'années. Fait rare pour être souligné, il se leva pour m'accueillir.

Il me fit asseoir, ordonna à la serveuse de me servir le menu du jour et de m'apporter un peu de vin. Lui en était déjà au dessert.

Aussitôt dit, aussitôt fait.

Mon déjeuner fut servi dans les plus brefs délais. Il m'exhorta à manger. Je finis par céder.

Tout en mangeant, j'attendais le moment fatidique où mon généreux hôte allait me dire : *« J'ai une vieille mère malade dont vous allez vous en occuper. »*

Je me souviens de ce qui s'est passé la dernière et unique fois que quelqu'un m'a invitée à déjeuner.

Mais au lieu de cela, il n'arrêtait pas de me sourire.

Puis :

« Je m'appelle Johan, je suis canadien. Je viens du Québec. Et toi ? »

« Je m'appelle Rita. Je suis haïtienne. »

Que c'était bon d'entendre parler français ! Je me suis sentie tout de suite en confiance, d'être face à quelqu'un qui parle ma langue et qui semble ne pas me vouloir du mal.

Mais, je ne peux pas m'éterniser. Le compteur tourne et cette pause qui dure, risque de me causer des ennuis.

Poliment, je demande la permission de partir.

Une fois encore, il se leva pour me dire au revoir.

Le lendemain, dans la matinée, quelle ne fut ma surprise de revoir la serveuse du restaurant sans uniforme *(n'ayant pas encore pris son service)*, se lancer à ma recherche sur les lieux où habituellement nous battons le pavé mes copines et moi.

Elle m'expliqua la teneur de sa mission.

Le mystérieux canadien veut me revoir. Cela ne pouvant se faire ni à son hôtel ni dans mon hôtel de passe miteux, elle avait convenu avec lui *(contre la promesse d'une forte rémunération je suppose)* que cette rencontre puisse se faire chez elle, dans sa maison.

Grosse panique.

Les données sont simples : arriver à tromper la vigilance de la surveillante générale pour se rendre chez la serveuse, rendre cela possible avant la fin de la semaine puisque le canadien repart au Canada le samedi, nous étions mardi. Dimanche, cela aurait été possible. Nous avons quartier libre pour la messe et la promenade à la campagne. »

15

- « L'impact produit par l'intrusion du canadien dans ma vie, fut énorme.

J'avais environ vingt ans. Mes désillusions s'estompaient peu à peu pour laisser la place à l'éveil de mon instinct de survie totalement endormi, amorti ou resté tout simplement à son niveau le plus bas durant toutes ces années.

Ma vie était nue, dépouillée de tout. Elle ne valait guère que je la vive. Je ressemblais à un papillon aux ailes froissées, incapable de prendre son envol. Pourtant, mon imaginaire amoureux a survécu à toutes ces épreuves que j'avais traversées.

Je devrais normalement être dégoûtée des hommes à jamais. Je devrais les haïr du plus profond de mon être.

Mais, à ma grande surprise, j'ai constaté que je pouvais ressentir des frissons en pensant à ce canadien.

J'ai repris goût à la vie du jour où j'ai déjeuné avec Johan, venu dans ma vie, je ne sais par quel miracle.

C'était juste un déjeuner sans prétention d'après ce que j'avais compris.

Alors, comment pouvais-je m'émoustiller pour si peu ?

A la suite de ce déjeuner improvisé, comment ais-je pu donner une forme agréable à l'image détestable que je me faisais des hommes au point de considérer comme possible, le rendez-vous arrangé chez la serveuse ?

Questions sans réponse, évidemment !

Parmi les traits de caractère que les circonstances de la vie me permettaient d'exprimer en toute liberté *(si j'ose le formuler ainsi compte-tenu de ce que tu sais)*, il en est un, *(le plus marquant à mon avis)*, c'est ma propension à faire ce qui me passe par la tête, sans jamais me poser mille et une questions sur les conséquences de mes actes.

Alors, sans trop réfléchir, j'avais pris la décision d'accepter le rendez-vous chez la serveuse. Qu'importe la suite. Je voulais moi aussi connaître ce que peut ressentir une jeune femme à son premier rendez-vous.

Le lendemain matin, en montant dans le minibus pour me rendre sur mon lieu de travail habituel, je sentis dans mon for intérieur, que plus rien ne serait comme avant.

Cette journée qui avait commencé comme une journée ordinaire, cachait en fait une charge émotionnelle particulière.

J'avais mis une robe blanche. Des espadrilles de la même couleur. Comme d'habitude, ma fleur d'hibiscus dans les cheveux.

Mes copines me regardaient bizarrement. J'étais dans un état d'esprit particulier.

Moi, la pipelette de service, pendant tout le trajet du minibus, j'étais murée dans un silence religieux. Tout mon esprit était tourné vers ce rendez-vous qui commençait à envahir toutes mes pensées. Je me sentais submergée par une émotion que je ne pouvais ni expliquer , ni contrôler.

Il y a un moment pour le délire, et il y a un autre pour la réflexion.

Ma future vie de femme, *(même si j'avais déjà connu les joies et les douleurs de l'enfantement)* me semblait dépendre de ce moment où je serai face à ce canadien. Je devrais défroisser mes ailes et prendre mon envol. Je le sentais. C'était ma conviction. Rien ne pouvait m'ôter cette idée de la tête.

Le minibus s'arrête sur le lieu de dispersion habituel.

Je descends la dernière, et me mêla à la cohue de l'arrivée.

Pour mes copines, c'était une matinée de travail comme une autre. Pas pour moi.

Le meilleur moment permettant de m'éclipser pour aller rejoindre mon canadien, serait à la pause méridienne. La surveillante générale est moins regardante, cherchant elle-même un coin tranquille pour déjeuner. »

16

- « A l'heure convenue, je me suis éclipsée très discrètement et me voilà sur le lieu du rendez-vous.

Johan est là, sourire aux lèvres.

Oubliant ma timidité et ma réserve habituelles, je me suis précipitée dans ses bras. Il m'accueillit avec une chaleur intense.

Nous échangeâmes un long baiser. Il me serra si fort que je ne pouvais plus respirer.

Je te passe les détails. …

Nous nous sommes revus tous les jours jusqu'à son départ.

A chaque fois, nous ne disposions que de très peu de temps pour nous aimer. Il savait organiser ce moment pour effacer la brièveté de nos rencontres. Il savait compenser la quantité par la qualité.

Le plus excitant, ce sont ces ruses que nous devions à chaque fois déployer pour brouiller les pistes jusqu'au lieu de rendez-vous. Et cela ajoutait du piment à nos étreintes à chacune de nos retrouvailles.

Chacun de ses baisers me réconciliait avec l'humain en général et avec l'homme (le mâle tout puissant) en particulier.

Lorsque je te dis ça, cela ne veut pas dire que l'ardoise est effacée en totalité.

Le grand noir sera toujours présent dans ma mémoire comme le pire souvenir de ma vie.

De tout mon cœur, je souhaite qu'il soit triplement payé en retour.

A cause de lui, j'ai regretté amèrement de n'avoir pas pu donner à cet homme, la pureté de mon corps, ma virginité ayant été volée à mon insu.

Ce que je lui ai offert et qu'il a accepté sans aucune réticence, c'est cette partie de mon âme que j'ai su préserver de toutes ces souillures qui ont éclaboussé et sali mon innocence.

Pourtant, il savait pourquoi je déambulais dans les rues à longueur de journée. La serveuse lui a révélé mon métier. Malgré tout, Johan m'a désirée et m'a voulue à lui tout seul.

Je me suis donnée à lui avec humilité et générosité, en retour de sa gentillesse, de son affection et de sa considération qu'il a su me démontrer en souhaitant me rencontrer.

Que pouvais-je faire de plus ? Je n'ai rien d'autre à lui offrir.

Je ne peux pas m'empêcher d'être sa petite sucrerie comme il se plaisait à m'appeler.

Je ne sais pas ce qui a pu l'attirer chez moi. J'ai une telle vision imparfaite de moi que, c'est presque impensable, inconcevable qu'un homme puisse poser un œil bienveillant sur moi.

Grand déchirement au moment de se dire adieu.

Je suis tombée en amour avec ce type qui est un concentré de tendresse et de délicatesse.

Nous nous retrouvâmes pour la dernière fois chez la serveuse, en présence de cette dernière.

C'était son jour de repos.

Johan n'a pas souhaité me faire l'amour une dernière fois. Il voulait juste parler. Il voulait tout savoir sur moi. Il voulait que la serveuse assiste à notre conversation.

Jusque là, je n'ai pas su ce qui se tramait.

Ensuite, le cœur serré, je pris congés sans me retourner.

Ma conviction était faite : même si cette histoire ne devrait durer que ces quelques jours contenus dans une petite semaine, et si elle ne devrait pas survivre à cette déchirante séparation, j'aurais connu au moins une fois dans ma vie, la saveur de l'amour. »

17

- « Plusieurs semaines se sont écoulées depuis le départ de Johan.

Je repris mon train-train quotidien : la ferme, le minibus, les rues, le minibus, la ferme.

Je n'avais plus goût à rien. A chacun de mes passages en ville, je guettais le visage de la

Instants Ultimes

serveuse à travers la porte vitrée du restaurant.

Rien à signaler.

Juste un signe de tête pour me dire bonjour. Rien de plus. Elle connaissait et partageait mon secret. Un peu comme une confidente, une amie, je pouvais me fier à elle, elle qui a mis sa chambre à notre disposition Johan et moi.

Même si, elle a été grassement rémunérée *(ce que j'ai toujours supposé)*, elle était devenue néanmoins, par la force des choses, mon amie de cœur. Je la considérais comme telle. Pour la première fois de ma vie, j'avais une amie. Je l'ai décrété.

Encore une journée sans nouvelles.

L'anxiété me guette.

Pourtant, je m'étais interdite de penser que Johan m'avait oubliée. Il est vrai que je n'ai reçu aucune promesse formelle. Mais je caressais l'espoir de recevoir un signe de lui.

Il fallait que je sache si cette petite semaine passée ensemble a compté pour lui comme elle a compté pour moi. C'était très important pour moi de le savoir.

Les jours passèrent. Toujours rien.

Un matin, alors que j'étais parvenue à la limite du désespoir, en descendant comme d'habitude la dernière du minibus, j'aperçus la serveuse qui m'attendait.

Mon cœur s'est mis à battre très fort. Je ne tenais plus sur mes jambes. Sur mon visage, on peut voir une drôle d'expression : la joie et l'inquiétude mélangées. Mes lèvres souriaient, mes yeux interrogeaient.

Qu'a-t-elle à m'annoncer ?

Elle me tend une lettre.

Grosse panique. Je ne sais pas quoi en faire. Je ne sais pas lire. Oui mon fils, j'étais analphabète jusqu'à mes vingt ans.

Mais comme dit le vieil adage, à savoir

qu'une petite honte vaut mieux qu'une grande honte, en feignant d'être sous le coup d'une grande émotion, je l'ai priée de me lire cette lettre.

Elle accepta.

Alors, nous nous écartâmes du groupe et, elle me livra le contenu de cette lettre que j'ai conservée comme une vraie relique jusqu'à aujourd'hui, au moment où je te parle. Tu la verras à la dernière page de ma bible posée sur ma table de nuit à la maison.

Johan avait déclenché la procédure pour me faire émigrer vers le Canada.

Je n'en revenais pas.

Dans cette même enveloppe, il y avait en plus, une invitation me permettant d'obtenir un visa de tourisme. Ainsi, je peux aller le rejoindre et avoir un avant-goût de ce que pourrait être notre vie ensemble dans son pays.

Oui, mais comment ?

Je n'ai pas de passeport.

Une fois encore, la providence est à la manœuvre.

Il m'a mis une sucette dans la bouche et me l'a retirée aussitôt alors que je commençais à en apprécier les différents arômes.

Je lui fis part de l'impossibilité d'obtenir ce visa qui me tendait les bras, faute de passeport. Elle n'a semblé ni surprise ni inquiète d'apprendre cela. La plupart des filles qui font le même métier que moi, n'ont généralement pas de pièce d'identité. Elle ne peuvent donc pas s'en aller facilement.

En me quittant, elle a promis qu'elle allait s'en occuper. J'ai juste à faire quatre photos d'identité et les lui remettre à l'occasion. Ce qui fut fait sans délai. »

18

- « La vie avait repris son cours.

Mes journées, sans relief et sans saveur, se déroulaient sans histoire.

Je continuais d'exercer mon métier de prostituée de façon mécanique : mon corps participait aux passes, tandis que mon esprit

Instants Ultimes

se tenait soigneusement à l'écart de toutes ces intrusions dans mon corps physique.

Dans tous les cas, je faisais de mon mieux pour limiter au strict minimum mes rotations à l'hôtel, du moins autant que je peux lorsque la surveillante générale n'était pas dans les parages.

Ainsi, je suis devenue plus regardante sur l'état de propreté apparente des hommes qui venaient me solliciter.

J'appliquais à la lettre les recommandations de notre tenancière pour qui, une fille malade, est synonyme de manque à gagner.

Ce n'était pas difficile pour moi de parvenir à déconnecter mon corps de mon esprit. Je me compare à un accidenté de la vie que l'on plonge dans un coma artificiel pour lui éviter de souffrir inutilement.

J'ai expérimenté cette technique *(sans le savoir)* au domaine, lorsque le grand noir abusait de moi.

Je ne sais pas quel nom les savants donneraient à cette technique, mais moi, je la définirais comme la manière ultime de se sortir d'une situation devant conduire à une destruction mentale inéluctable, une auto-protection ordonnée par le cerveau pour aider à demeurer hors d'atteinte d'un possible anéantissement programmé, de façon certaine et durable.

Dans la situation dans laquelle je me trouve, l'anéantissement dont je parle, ne peut pas provenir de ces viols à répétition perpétrés par des hommes qui paient un droit légal de disposer de mon corps contre ma volonté, étant asservie à une tenancière sans pitié, obéissant elle aussi, probablement, à des ordres venus de plus haut.

Ma peur d'être anéantie, est générée par mon désespoir face à mes obligations de continuer à remplir les cassettes de notre tenancière, en vendant ce qui reste de mon corps mille fois meurtri, alors que, il existe quelque part dans le monde, un homme disposé à me prendre telle que je suis, avec mes tares, mon lourd passé, ma profession peu glorieuse de prostituée et le peu d'intérêt que je pouvais représenter à ses yeux.

Johan ne mérite pas que son amour pour moi, soit entaché d'une illégitimité dans la mesure où, je détruisais au fur et à mesure, *(bien involontairement),* ce qu'il a décidé de construire pour moi et avec le peu de moyen dont je disposais : cela me fait penser au fait de participer à un pic-nic au cour duquel, Johan serait venu avec du caviar et moi, avec une cannette de bière.

Cela me faisait extrêmement mal d'être dans une telle position qui me rendait impuissante et folle de rage.

Il est important pour moi, de préserver le peu de dignité qui me restait, pour l'offrir à Johan en guise de ma bonne foi, mon Johan à moi, celui que j'avais commencé à aimer en secret.

Ma vie à la ferme était devenue un véritable enfer.

La neurasthénie me guettait à chaque instant. Je ne tenais plus en place. Mes camarades d'infortune ne me reconnaissent plus. Il n'est pas question de me confier à quiconque, même pas à celle avec laquelle, j'avais fini par avoir un peu plus d'accointance et que je considérais comme ma sœur de cœur, celle avec laquelle j'avais versé des tonnes de larmes lorsque je résidais dans le quartier spécial à la ferme.

La prudence était de mise dans un tel contexte et environnement. Chaque fille essaye autant que possible, de profiter de la moindre occasion pour améliorer l'ordinaire.

La dénonciation était largement encouragée. Une bonne dénonciation *(considérée comme telle selon des critères que personne ne connaît)*, pouvait aboutir à une semaine de congés.

Alors, tu peux imaginer ce que cela peut être pour moi d'être épiée dans mes moindres faits et gestes, de jour comme de nuit.

Et qui sait vers quelle nouvelle destination, je pourrais être conduite si cela venait à se savoir que je projette de partir m'installer au

Canada, sans compter les nombreuses et incroyables brimades auxquelles j'aurais eu droit.

Bien des fois, j'ai assisté aux traitements réservés aux filles récalcitrantes. C'est une situation dans laquelle, pour rien au monde, je voudrais me trouver.

Je dis bien « *filles récalcitrantes* » et non pas la fille qui projette de quitter l'organisation et occasionner conséquemment, un manque à gagner dans les livres comptables. Ce qui serait proprement inadmissible.

Tu peux imaginer quel aurait été mon sort, mon fils ! Je te laisse imaginer.

Donc, la jalousie des unes et des autres, est autant d'écueils à éviter afin de me préserver de toute suspicion.

Une indiscrétion de ma part, serait fatale à mon projet de vie avec ce canadien que rien ne prédestinait à s' embarquer dans une telle aventure, avec moi comme passagère de cette embarcation qui peut prendre l'eau au moindre coup de vent. »

Instants Ultimes

19

- « Un matin, alors que je me préparais pour ma journée de travail, la tenancière vint auprès de moi.

Elle me fixa longuement, puis, me demanda :

« *ça va ?* » .

Je répondis : *« oui »*.

Instants Ultimes
© *Nathanaël AMAH , 2018 NATHAM Collection*

Elle me fixa encore un bon moment, puis s'éloigna d'un pas décidé.

Quelques instants plus tard, alors que je continuais de me préparer, elle revint vers moi avec une enveloppe dans les mains.

Je reconnus l'enveloppe contenant la lettre et l'invitation de Johan.

Mon sang se glaça. J'étais terrifiée.

C'est une enveloppe neutre, placée dans une plus grande adressée à la serveuse qui me l'avait délivrée.

Comment a-t-elle pu mettre la main sur cette enveloppe ? Oh ciel ! J'étais persuadée que, là où je l'avais cachée, personne ne pouvait la trouver. Je t'assure mon fils, compte-tenu de ce qu'a été ma vie, tu peux être certain que j'avais appris à dissimuler les choses. Parfois, je me suis étonnée moi-même de ma capacité à trouver les parades pour ne jamais, au grand jamais me retrouver en défaut devant quiconque en laissant traîner mes affaires.

Elle me tendit l'enveloppe, et me questionna :

« C'est à toi ? »

Avec beaucoup d'aplomb, tout en continuant d'arranger mes cheveux, je lui répondis :

« C'est quoi ? »

« C'est à toi de me le dire ! » dit-elle sur un ton exprimant son impatience de savoir la vérité.

Son visage était serré. Elle n'avait pas l'air de rigoler.

Sentant le danger poindre le bout de son nez :

« C'est une enveloppe , non ? ... Comment veux-tu que je sache ce que cela contient ? ... Tu sais bien que je ne sais pas lire. ... Pourquoi tu viens me poser toutes ces questions ? ... S'il te plaît, laisse-moi finir de me préparer. Je ne veux pas être en retard et m'attirer d'autres ennuis. »

Je ne peux pas expliquer comment j'ai pu

garder mon calme, lui parler d'égale à égale, les yeux dans les yeux, et réussir à semer le doute dans son esprit.

Dans un premier temps, elle sembla stupéfaite d'avoir fait chou blanc. Je ne sais pas si elle avait questionné d'autres filles avant moi. Je ne sais pas si j'avais été dénoncée contre récompense. Je n'ai pas compris tout de suite pourquoi je suis dans sa ligne de mire. Peut-être parce que, j'étais souvent dans mes rêves, pensant très fortement à Johan et à son invitation d'aller le rejoindre. Peut-être que cela a transpiré sur mon visage et m'a trahie en fin de compte.

« Ok, Ne sois pas en retard. Dépêche-toi. Tes camarades t'attendent. » me lança-t-elle en s'éloignant.

Je saisis ce bref instant où elle s'en est allée pour ranger l'enveloppe dans mon sac à main au milieu de mon stock de préservatifs. Je n'avais plus à la cacher.

Une fois installée dans le minibus, je ne pouvais me maîtriser. Je tremblais de tout mon être.

Je claquais des dents. Je marmonnais des jurons. Je me traitais de tous les noms. Quelle imbécile j'ai été ! Comment j'ai pu commettre l'irréparable en mettant mon projet en grave danger ?

Mais après tout, en réfléchissant , comment pouvait-elle me relier au contenu de cette enveloppe ? Elle n'avait aucun moyen de parvenir à ses fins. J'ai beau essayer de me rappeler les termes de la lettre de Johan lue par la serveuse, à aucun moment, Johan avait explicitement écrit mon prénom. A la place, il se plaisait à m'appeler affectueusement *« ma petite sucrerie »* ou bien *« ma douceur »*.

Il m'appelait ainsi parce que, j'avais l'habitude de sucer des sucettes à l'anis. Les sucettes se succédaient dans ma bouche toute la journée.

N'y vois aucune connotation sexuelle. C'était un moyen d'adoucir l'amertume qui s'était installée dans ma vie et que je ressentais dans ma bouche en permanence.

Alors, il trouvait que mes baisers étaient sucrés d'après ce qu'il me disait quand nous nous rencontrions chez la serveuse. Lui, il pouvait m'embrasser parce qu'il n'était pas mon client. Je tiens à te le préciser.

A la ferme, j'étais Rita, et personne ne connaissait les sobriquets de Johan à mon égard.

Donc, elle ne pouvait pas me relier à cette lettre que je garde avec moi depuis ce temps.

C'était ma façon de me convaincre d'avoir échappé au pire.

A ce moment-là, mon projet était toujours d'actualité. Cela ne pouvait en être autrement ou je ne m'appelle pas Rita. »

20

- « En arrivant en ville, le plus urgent a été de me mettre en contact avec la serveuse.

Informée de la situation jusque dans les moindres détails, elle demeura silencieuse un court instant.

Tout en regrettant ce qui venait de se passer à

la ferme, elle me promit de trouver comment arranger au mieux la situation pour Johan et moi.

Elle tenait à sa prime. Sinon, quel intérêt aurait-elle à se mouiller dans cette affaire, risquant de se faire tabasser à tout moment par les gros bras de l'organisation ?

Sur ce point, j'étais rassurée.

Tant que il existera la perspective de ce gain substantiel, elle fera tout pour faire aboutir ce projet.

Ce gain inattendu pour elle, lui aurait donné la possibilité d'ouvrir un petit commerce pour sa mère et sa sœur. D'où l'implication active dont elle fait preuve en se dévouant corps et âme pour notre cause.

J'ai su le montant de la prime bien plus tard. Le projet ne pouvait qu'aboutir si tu vois ce que je veux dire.

Mi figue mi raisin, la journée s'est déroulée tant bien que mal.

Peu de clients à mon actif. Une chance. Je n'aurais pas su les traiter convenablement. A mon souci quotidien concernant mon supposé fiancé canadien, est venue s'ajouter de manière inattendue, ma peur de voir mon projet avorter, à cause de cette satanée pression exercée par la tenancière qui a découvert le courrier envoyé par Johan. Elle n'est pas femme à se laisser berner. Elle fera tout pour savoir à qui était adressée cette lettre. Pour moi, c'était une certitude.

Sa méfiance était telle que, chaque mois, nous devions passer devant elle pour obtenir le certificat d'indisponibilité, nous permettant de rester à la ferme. Faute de quoi, nous étions bonnes pour le service.

Cette journée pas ordinaire, a été la plus angoissante de toute mon existence. Et comme par hasard, les heures filaient à toute allure.

En un battement de cils, les deux aiguilles de l'horloge sont sur le chiffre douze. Dans six heures, le minibus reviendra nous chercher. Comment affronter cette salope si, il lui prenait l'envie de continuer à me suspecter ?

J'avais été sauvée par les préparatifs du matin. Elle m'avait laissée partir sans insister davantage pour ne pas mettre le minibus en retard. Mais qu'est ce qui pourrait me servir d'alibi pour me soustraire de sa redoutable inquisition le soir venu, de retour à la ferme ?

Mon après-midi fut terrible. J'étais nerveuse. J'étais irascible. Je n'étais pas à prendre avec des pincettes.

Mes camarades n'y comprenaient rien. Mes rares clients de cette journée étaient vite expédiés. Les habitués ne me reconnaissaient pas.

Ma douceur légendaire avait cédé la place à une sorte de maladresse dans ma façon de traiter les hommes qui avaient eu le malheur cet après-midi là, de venir me confier leur membre viril entre mes mains.

Puis, le moment fatidique arriva.

Le minibus est en vue. La surveillante

générale aussi.

Mon cœur ne tenait plus dans ma poitrine. C'était une vraie tempête qui faisait rage dans mon corps. J'ai chaud partout. Mes mains étaient devenues moites. Je n'arrête pas de les frotter l'une contre l'autre. Mes jambes ne pouvaient plus me porter. Je ne suis pas belle à voir.

Je me suis rappelée de cette prière que le curé de la paroisse de Port-au-Prince m'avait enseignée en cas de coup dur pour implorer l'assistance de la providence. Je la savais par cœur, mais impossible de me rappeler du moindre mot. Mon esprit n'était plus rationnel tellement j'étais complètement habitée par cette peur panique qui me tenaillait les entrailles.

Alors, armée de la dernière goutte d'énergie qui coulait encore dans mes veines, l'énergie du désespoir comme cela se dit, je pris place dans ce minibus pour lequel, pour la première fois de ma vie, j'avais souhaité qu'il n'arrivât jamais à bon port.

Durant tout le trajet, j'ai conservé les yeux fermés. Je ne voulais rien voir. Je voulais m'isoler pour me recentrer. Il me faut trouver les ressources nécessaires pour tenir face à cette femme qui devrait sûrement m'attendre de pied ferme, là-bas à la ferme.

Dernier virage avant la destination finale. Encore une centaine de mètres à parcourir avant d'arriver au purgatoire.

Stationnement du minibus. Arrêt du moteur. Ouverture de la porte latérale coulissante.

Descente des filles, une par une.

Je me suis arrangée pour descendre la dernière comme si, en fermant le ban dans ce flot de filles tristes, défraîchies, fourbues et éreintées, cela pouvait servir à quelque chose face à la détermination de cette femme sans cœur, sans discernement, qui a un commerce à faire prospérer.

Tu vois où le désespoir peut nous mener ? »

21

- « Déroulement du rituel habituel à l'arrivée à la ferme, avant la douche du soir.

Chacune des filles, est obligée de remettre sa recette de la journée.
Cinq pour cent de la recette du jour nous sont généreusement alloués, déduction faite des frais surévalués d'hébergement, d'habillement et de nourriture.

En général, nous avions le choix de consigner cette somme auprès de la tenancière et de la faire enregistrer dans un cahier tenu par elle. Cela permet d'éviter les vols qui étaient fréquents.

Ce fut mon tour.

Je remis ma maigre recette.

« Tu ne t'es pas fatiguée aujourd'hui, à ce que je vois. » me lança-t-elle en comptant et recomptant fébrilement les billets que je venais de lui remettre.

« Ce n'est pas parce que tu vas nous quitter que tu es dispensée de faire ton chiffre habituel. … C'est bien compris ? » ajouta-t-elle en me regardant du coin de l'œil.

Face à cette nouvelle attaque, et pour ne pas provoquer une discussion de laquelle je n'étais pas sûre de sortir victorieuse, je m'étais dispensée de répliquer à son allusion perfide.

Ma réponse a été celle-ci :

« Aujourd'hui est un jour sans, maman. Demain j'essaierai de faire mieux. »

Oui mon fils, nous l'appelions « maman » !

Dis-moi, quelle maman peut traiter ses filles de la sorte ? Tu en connais toi beaucoup de mamans qui auraient mis toutes ses filles dans la rue ? Mais, c'était la règle, elle était notre maman à nous. … Elle veillait sur nous. … Elle prenait soin de nous. … Comme une maman !

« Je compte sur toi, même si tu dois aller chercher les clients par les couilles. … Il est hors de question que tu nous coûtes plus cher que ce que tu nous rapportes. … cela ne peut pas durer. … Nous serions dans l'obligation de prendre des mesures regrettables pour toi. » répliqua-t-elle en me faisant signer mon cahier de recettes.

Je mis mon gribouillis habituel sur la ligne en face de la somme consignée et inscrite, en guise de signature.

Je n'avais pas appris à signer.

Durant ce bref échange, j'avais adopté un air faussement désinvolte, comme si je ne me sentais pas concernée par ses sous-entendus.

A la fin de la soirée, au moment de me mettre au lit, je n'ai pas pu m'empêcher de repenser à ce qu'elle m'avait dit, à savoir : « *... cela ne peut pas durer.* »

En clair, lorsque cette phrase est prononcée à l'encontre d'une des filles, la pression exercée sur la fille concernée est telle que, soit elle se ressaisit en tapinant deux fois plus pour desserrer l'étau, soit elle ne parvient pas à redresser ses comptes, alors, elle est purement et simplement revendue à une autre ferme, avec les conséquences que tu peux imaginer. Je te passe les détails.

Ce fut une nuit quasi blanche.

Je suis prise dans un dilemme inextricable : d'un côté, afin de compenser ma maigre recette du jour, je devrais dès le lendemain, recevoir plus d'hommes dans mon corps pour éviter que la décision de me vendre soit prise dans les vingt-quatre heures *(avant même d'avoir le temps de dire ouf)*, me retrouver dans des endroits sordides où la pratique usuelle est de faire de l'abattage, c'est à dire, m'obliger à accepter des dizaines d'ouvriers les uns à la suite des autres, sur un chantier, un jour de paie. Ce qui constitue une véritable dévastation. Ce traitement étant destiné à rééduquer les filles, selon leurs théoriciens.

De l'autre côté, je voulais à tout prix préserver ce qui me reste de dignité en évitant que mon corps soit davantage souillé et pouvoir l'offrir à mon fiancé canadien le jour où il voudra me prendre pour épouse.

Eh oui, longtemps j'ai caressé le rêve d'être dans la position de l'épouse modèle.

Même si à un moment de ma vie j'ai été la femme publique, la femme que tous les hommes pouvaient avoir en payant, mon rêve secret, a toujours été d'être la femme de l'homme qui m'aurait choisie à cause de ses sentiments pour moi, et qui me verrait comme sa femme à lui.

« *Être la femme d'un seul homme* », tu te

demandes probablement ce que cela peut signifier pour une femme qui a livré son corps à tant d'hommes au cours de son existence. N'est-ce pas ?

J'aimerais t'expliquer quelque chose mon fils.

Une célébrité a écrit :

« La fidélité d'une femme à un seul homme, s'appelle la vertu ... » je te la cite de mémoire.

Cela veut dire que la femme porte en elle, au plus profond de sa conscience, cette capacité à être exempte de toute faute, en agissant en accord avec son idéal moral qui la conduit à faire le bien en dépit des nombreux obstacles qui jalonneront sa vie, pour ne citer que cet aspect qui me tenait terriblement à cœur.

J'ai espéré le moment où ma vraie nature pourra enfin s'exprimer en toute liberté auprès de l'homme qui m'aura choisie, que j'aurai librement choisi d'aimer, sans pouvoir malheureusement lui apporter la fraîcheur de mon corps, tel que j'aurais souhaité le faire.

Pour moi, la réussite du couple dont j'avais rêvé en épousant Johan, dépendra avant tout de la solidité de ma vertu en tant qu' épouse, et de l'amour de Johan pour moi, amour qui découlera de sa capacité à m'être fidèle jusqu'à sa mort, jusqu'à ma mort.

Cette vertu dont je te parle, est une chose bien distincte de l'amour, qui n'a rien à voir avec l'amour, mais qui se doit nécessairement, obligatoirement, de cohabiter avec l'amour pour servir de renfort comme une pièce de métal que l'on ajoute à une autre pour éviter l'usure.

Mais ma vertu, aussi pure, aussi louable, aussi grande soit-elle, ne parlait pas pour moi.

Comment aurait-elle pu, alors que j'exerçais le seul métier au monde qui ôte *de facto*, toute crédibilité à la personne qui l'exerce ?

Comment me sortir de ce dilemme ?

La solution idéale, s'il était possible et réaliste de l'envisager, ne peut être que la fuite.

Oui mais, me sauver pour me cacher où ?

De plus, je n'ai pas la garantie absolue que mon canadien pense encore à moi. Alors pourquoi risquer ma vie en bâtissant des châteaux en Espagne ?

Cette double interrogation m'a perturbée une bonne partie de la nuit. J'ai tournoyé dans mon lit jusqu'au chant du coq sans parvenir à finaliser une stratégie solide permettant de m'échapper de l'enfer dans lequel je végète depuis tant d'années. »

22

- « Plusieurs semaines se sont écoulées. Pas de nouvelles de mon canadien.

Je devrais dire, pas de nouvelles du canadien qui m'avait prise dans ses bras, qui avait baisé mes lèvres, celui qui m'appelait sa petite sucrerie, cet homme qui avait caressé mes cheveux, mes seins et tout le reste, celui à qui j'avais en toute innocence révélé mes sentiments en lui offrant mon corps comme jamais je l'avais fait à aucun homme avant lui.

Je me sentais accablée par cette trahison. Mon psychisme se défendait comme il pouvait pour ne pas me faire perdre le peu d'équilibre qui me restait.

J'étais incapable de comprendre ce qui me retenait pour ne pas sombrer dans la folie, même si certaines portes de mon cerveau que je croyais soigneusement et hermétiquement fermées, commençaient à s'ouvrir les unes après les autres, rendant ainsi la liberté à mes vieux démons sans que je puisse faire quoi que ce soit pour empêcher de toute urgence, ce désastre psychologique qui se profilait.

Je ne savais pas si j'aurais été en capacité de commettre un meurtre ou bien, si le moment était venu pour moi de mettre un terme à ma vie, insipide et sans aucun intérêt.

Tuer ma tenancière et toute sa clique ou me suicider par désespoir : quelle différence cela peut-il faire ? Dans tous les cas, j'étais une morte en sursis.

Mon espérance de vie raccourcissait au fil des jours.

J'avais réussi à sauver ma tête de cette vente dont je redoutais les effets dévastateurs sur ce que je tentais tant bien que mal de préserver, à savoir, mon intégrité psychique.

Un jour, alors que j'étais en voie de perdre le dernier espoir qui me reliait encore à la vie, j'aperçus sur mon lieu de travail, la serveuse qui me faisait de grands signes de la main.

Sachant ce qui s'était passé, elle n'osait pas m'aborder devant les filles.

Je la voyais sans pouvoir réagir.

La peur d'une autre désillusion m'avait clouée sur place et empêchée de ressentir l'envie de me précipiter vers elle, elle dont la seule présence déclenchait en moi, un torrent d'émotions que je ne pouvais contrôler, à cause de ce que cela signifiait.

Je me suis refusée de céder à nouveau à cette hystérie qui fait de moi, l'esclave d'un fantôme.

La serveuse insista.

Je finis par me rapprocher d'elle, sans grande conviction.

« Vas vite chez moi ! » me glissa-t-elle à l'oreille.

Cette injonction n'avait eu aucun écho en moi. Je l'ai écoutée sans l'avoir entendue. Mon visage était resté impassible. J'étais figée, plantée devant elle sans pouvoir analyser la teneur de ses propos.

« Tu as entendu ce que je viens de te dire ? ... Vas vite chez moi ! ... Tu comprends ce que je te dis ? » dit-elle presque en colère de me voir sans réaction.

Au son de sa voix qui me grondait et qui me reprochait cette attitude qu'elle avait du mal à comprendre, alors tout doucement, je suis revenue à la réalité. Je suis sortie de ma léthargie.

Soudain, j'ai compris que quelque chose se passait. C'est un peu comme si tout mon être venait de recevoir une sacrée décharge adrénaline ayant permis de booster mon discernement. »

23

- « Très discrètement, comme à l'époque où j'allais rejoindre Johan, je réussis à m'éclipser hors de cette place qui grouillait de touristes fraîchement débarqués.

Contre toute attente, plus je m'approchais de la demeure de la serveuse, plus je ressentais cette excitation des premiers jours qui me faisait perdre tous mes moyens.

J'avais l'impression de marcher sur un coussin d'air. Mes foulées devenaient plus souples, mes pas, plus rapides.

Mes petits pieds ne touchaient pas terre. Je m'envolais littéralement.

Rien ne pouvait plus m'arrêter.

Enfin, me voilà devant chez elle.

Je marque une pause afin de me réajuster et replacer ma fleur d'hibiscus dans mes cheveux, au-dessus de mon oreille gauche.

Deux coups secs à la porte. C'était le code.

Quelques instants plus tard, la porte s'ouvrit.

Ce à quoi je n'osais plus croire, se produisit.

Johan est devant moi, bien là, en chair et en os. Comme d'habitude, les yeux rieurs, le sourire aux lèvres, se moquant presque de ma surprise en voyant mes yeux écarquillés.

Ce n'est pas un mirage.

Alors, comme la vaguelette s'échouant sur le sable, je suis allée m'évanouir dans ses bras, dans un état d'épuisement physique et psychique sans pareil.

Si la mort me prenait à cet instant-là, cela aurait été une belle mort.

Abandon total de mon être dans les bras de cet homme qui ne doit plus me quitter. Je l'ai décidé à ce moment là.

Je ne sais pas combien de temps notre étreinte avait duré.

J'ai humé son cou encore et encore, un peu comme un animal l'aurait fait pour détecter son odeur afin de l'identifier.

Oui, mon Johan était de retour ! Je peux sentir les effluves de son parfum vanillé, cette fragrance que je reconnaîtrai parmi des milliers d'autres.

Il me prit par la taille et me fit entrer.

Il me raconta par le menu tout ce qu'il a mis en œuvre pour précipiter mon départ de la république dominicaine.

De plus, il avait en sa possession ma carte d'identité et mon passeport, dont la serveuse s'était occupés .

Ne sachant toujours pas lire, il me déclina le nom que cette dernière m'avait trouvé ou inventé. Qu'importe ! Mon prénom est resté le même : Rita. Je m'appelle désormais Rita Makenley.

Makenley est un prénom répandu en Haïti.

D'un prénom, elle me fit renaître !

J'ai désormais une existence légale. Je n'ai jamais su comment elle a réussi ce tour de force, ni combien de personnes haut placées ont été mouillées dans cette affaire mais, grâce à elle, à son énergie et grâce à cette somme importante d'argent que Johan avait payée, je suis enfin devenue une personne « normale », une personne à part entière.

je suis la fille de monsieur et madame Makenley.

Le plus important avant que j'oublie : Johan était revenu à Saint-Domingue depuis environ une semaine afin d'effectuer les démarches pour m'épouser dans les plus brefs délais et repartir avec moi à Laval, au Québec.

J'avais deux obligations à remplir avant le jour fatidique : apprendre à écrire « *M. Rita* » pour imiter ce qui était inscrit au bas de ma carte d'identité et de mon passeport pour maîtriser ma signature.
Deuxièmement, continuer à me comporter normalement jusqu'au jour du mariage à la mairie pour ne pas éveiller les soupçons et risquer ainsi de compromettre le projet.

Il ne m'avait pas oubliée. Il était revenu me sortir de la rue, et faire de moi, une dame respectable.

Oui mon fils, c'est la raison pour laquelle j'ai aimé ton père d'un amour fou, honnête et pur jusqu'à sa mort. Qu'il en soit remercié pour l'éternité. »

24

- « Afin de ne pas attirer l'attention des filles à qui je ne faisais plus du tout confiance, je suis repartie tapiner bien malgré moi jusqu'à la fin de l'après-midi.

A l'intérieur de moi, je savais que désormais,

Instants Ultimes

ma vie telle que je l'ai vécue jusqu'à cet instant ultime *(que je viens de vivre dans les bras de mon fiancé)*, était sur le point de changer.

C'était une certitude dans mon esprit, même si cette vie dont je te parle depuis le début de ta visite, a été *(et a continué d'être)* fragilisée à cause de mon étoile qui avait cessé de briller le jour de ma naissance.

Curieux présage, n'est-ce-pas ?

Pour certaines personnes, leur étoile a juste besoin d'un petit coup de polish pour lui permettre de retrouver l'éclat et la splendeur du début de leur vie. Dans mon cas, il a fallu trouver la panne et apporter la correction nécessaire pour la faire redémarrer.

Le mécanicien en chef envoyé par la providence, s'appelle Johan Denis.

As-tu remarqué la similitude ?

Son nom est également un prénom. Cela me fait sourire quand je pense à ça. Je soupçonne une certaine connivence entre la serveuse et lui au moment de choisir mon nom de famille.

Tu ne crois pas ?

A ce jour, à cet instant précis, je n'ai toujours pas compris pourquoi j'avais dès le départ été placée sous cette étoile défaillante.

Étoile tellement défaillante qu'elle a fait de moi, la seule femme au monde, prostituée de profession, à me présenter devant l'officier de l'état civil le jour de mes noces dans mon bleu de travail.

Elle a permis que cela m'arrive. J'aurais été humiliée jusqu'au bout.

Les jeunes filles rêvent toutes d'une robe neuve, spécialement conçue pour ce jour important de leur vie. Généralement elle est de couleur blanche immaculée, jalousement gardée pour qu'elle ne soit pas dévoilée au futur époux avant le jour du mariage. C'est la tradition.

Mais en ce qui me concerne, que dire de plus que tu ne saches déjà ou que tu ne devines ? …. Je pense que tout est dit.

N' est-ce pas mon fils ?

Qu'ai-je donc fait pour mériter cela ?

Ne pleure pas mon fils. Ne pleure pas.

La robe blanche révèle certainement la beauté de la jeune mariée.

Mais en ce qui me concerne, C'est le regard que ton père a posé sur moi qui m'a révélée et a fait de moi, la femme la plus aimée du monde. … Qui dit mieux ? …

Au fait, combien de femmes ont porté cette fameuse robe blanche en ce jour béni où, la pureté de leur âme devrait être semblable à celle de la couleur de leur robe ?

Tu peux me dire ?

Quand je dis ça, je ne dis rien. Il n' y a que Dieu qui désigne du doigt.

Arrive le jour où, au débarquement du minibus, pour la dernière fois, je vis la serveuse me faire de grands signes.

Je suivis le protocole établi, et me rendis dans une des rues adjacentes.

Un taxi m'attendait.

Je monte à l'intérieur du taxi avec pour seuls bagages mon sac à main, la lettre de Johan et mon stock de préservatifs.

j'attends patiemment que le chauffeur me conduise à l'hôtel de ville.

Le voyage de quelques minutes m'a paru une éternité.

Le mariage civil a été célébré en cinq minutes devant deux témoins recrutés par la serveuse et un traducteur assermenté.

A la sortie de l'hôtel de ville, le même taxi nous attendait pour nous conduire à Samana. De là, nous avions pris un avion pour La Havane.

Première étape d'un long voyage. Un sas de décompression et de décontamination en somme. Il me fallait cela avant de pouvoir mettre les pieds dans la maison de Johan.

Durant la semaine passée à la Havane, en parfait gentleman, Johan s'est abstenu de me toucher. Il sait que j'ai besoin de ce moment pour reprendre mon souffle et nettoyer la crasse accumulée sur mon corps durant toutes ces années. Il sait également que quand le moment sera venu, je le lui dirai.

Il n'est pas question d'oublier mon passé.

Un tel passé ne peut s'oublier même après des dizaines d'années de psychothérapie.

Mais, être en capacité de se regarder dans le miroir sans voir le visage d'une ancienne prostituée, est pour moi, quelque chose de primordial.

Cela signifie que je suis devenue une autre femme, et que ma vie a changé.

Oui vraiment, à commencer par ma fleur

d'hibiscus et mon stock de préservatifs que j'ai jetés à la poubelle au moment où je pénétrais dans l'enceinte de l'hôtel de ville à Saint-Domingue, juste avant la célébration du mariage.

Quand je repense au chemin parcouru, je vois et ressens au tréfonds de mon âme, le prix que j'ai payé pour arriver jusqu'à ton père. »

25

- « Au cours de notre séjour à la Havane, je fus prématurément indisposée. Cela m'a rendue malade comme jamais je ne l'ai été. C'était effrayant de subir cette hémorragie qui a duré plusieurs jours. D'aucun dirait que c'est le contre coup du changement de vie et de toutes ces émotions accumulées ces derniers temps.

Moi, j'ai senti que mon corps devait se débarrasser de ce sang impur qui coule dans mes veines et me préparer à un nouveau cycle, un peu comme lorsque l'on ouvre une nouvelle page dans un cahier tout neuf.

J'ai attendu patiemment, et tout a fini par s'arranger.

Progressivement, j'ai recouvré la santé et la sérénité qui va avec.

J'ai beaucoup dormi. J'ai eu le loisir de le faire, dans un lit confortable, dans des draps blancs, propres et parfumés à la lavande.

J'ai découvert l'art de dormir *(si je puis m'exprimer ainsi)*. J'ai expérimenté pour la première fois, ce qu'est la petite mort.

Cet état d'inconscience, proche de la mort, qui place le dormeur dans un sommeil profond et qui le rend vulnérable.

Dormir et s'oublier : c'était inconcevable pour moi à cette époque pas si lointaine. Dormir et être sur le qui vive, c'était la norme.

Question de survie.

Petit détail important.

Dans l'hôtel dans lequel nous avions séjourné, Johan avait exigé une chambre avec deux lits séparés.

Même si sur le papier nous étions monsieur et madame Denis, même si nous nous sommes déjà connus dans le sens biblique du terme, pour Johan, ce mariage « bricolé » pour me permettre de sortir du pays en toute légalité, ne lui donne pas le droit strict de se conformer comme mon mari à part entière et exiger ce rapprochement imposé par notre statut de couple légitime.

D'aucun dirait que c'est de la pure hypocrisie de se comporter comme tel. Mais, pour lui, les choses ont changé et ce nouveau départ, doit avoir tout son sens dans ses rapports, dans ses comportements avec moi, envers moi et vis-à-vis de moi.

En clair, pour lui, un vrai mariage, le seul valable à ses yeux, c'est à dire le mariage qui sera célébré devant Dieu, pourra lui octroyer ce droit de partager ma couche en toute légitimité.

Je suis sa femme, mais pas sa chose.

Rita la prostituée n'a jamais existé pour lui.

Rita Makenley, épouse Denis, est la femme qu'il a choisie pour partager sa vie. Rien d'autre ne compte.

Surprenant, n'est-ce pas ?

Cette grandeur d'âme a quelque chose d'émouvant et cela n'a fait que renforcer en moi, ce sentiment d'amour et de respect que j'éprouve pour lui. A cela s'ajoute, toute ma reconnaissance éternelle pour son amour et son respect pour moi.

Je sais d'où je viens. Je sais l'importance que cela a été pour moi de me dépêcher de vivre pour ne pas précipiter ma mort.

Je ne l'oublierai jamais.

Ma fleur d'hibiscus a péri dans une des poubelles de l'hôtel de ville à Saint-Domingue, mais ma mémoire a survécu à ma métamorphose.

J'ai beaucoup pleuré. Je ne pouvais pas maîtriser mes nerfs qui lâchaient à tout bout de champ. Je ressentais cette peine qui me submergeait à l'improviste. Je n'y pouvais rien, sauf aller me blottir dans les bras de mon mari en attendant que je me calme.

Dans l'état quasi dépressif dans lequel j'étais, j'ai passé beaucoup de temps au bord de la mer. Je ne savais pas nager, mais c'était important pour moi, de m'asseoir dans l'eau de mer et laisser celle-ci me nettoyer le corps tout entier. Une forme d'exorcisme par le sel pour chasser à tout jamais, tous ces démons qui ont habité mon corps et pourri ma vie depuis tant d'années.

J'ai beaucoup mangé. J'ai découvert mon penchant pour les poissons et les fruits de mer. J'ai découvert la saveur des plats raffinés. J'ai découvert la position de la femme légitime, partageant le repas de son mari, à la même table, profitant des conseils avisés de ce dernier en matière de cuisine.

J'ai commencé à entrevoir ce qu'est le bonheur, le bonheur simple comme se faire manucurer, ou se tenir par la main même en étant dans des lits séparés et de s'endormir avec l'assurance que je ne suis plus seule au monde.

Plus que deux jours avant le voyage retour vers le Québec.

Étape finale d'un long périple depuis le jour de ma naissance.

Des démarches supplémentaires auprès du consulat canadien ont été nécessaires pour finaliser mon voyage au Canada.

Cerise sur le gâteau, Johan a ramené un gros album photos du Québec qu'il avait spécialement composé à mon intention.

J'ai la possibilité de feuilleter cet album en avant-première ou bien attendre d'être sur place pour me faire ma propre idée sur mon nouveau cadre de vie.

C'est un choix difficile. J'ai la liberté de choisir. Cette liberté toute neuve, a créé en moi, un certain embarras face à ce qui pourrait être l'effet de surprise, une fois arrivée sur place.

Cette liberté ne m'a pas fait oublier cet autre aspect fort de mon caractère qu'est le pessimisme.

Et si tout ceci n'était qu'un rêve ?

Et si mon visa n'était pas accordé par le consulat qui aurait considéré ce mariage comme un mariage de complaisance ?

Et si j'avais l'obligation de retourner dans mon pays d'origine comme point de départ de mon statut de migrante ?

Et si dans la nuit Johan s'endormait pour ne plus se réveiller ?

Et si, … et si … ?

Mais, comme tu le sais, ma nature curieuse *(un autre aspect fort de mon caractère)* a pris le dessus.

Alors, j'ai choisi de feuilleter cet album en avant première. On ne sait jamais. Au moins, j'aurais eu un petit aperçu de ce que j'aurais raté si … .

Ainsi, j'ai pu découvrir mon nouveau cadre de vie, les différents lieux, monuments, etc...

Outre l'accent particulier de Johan, l'accent canadien si caractéristique que j'ai fini par attraper depuis que je vis ici, j'ai pu imaginer ce nouveau cadre de vie dans sa globalité, à savoir par le son et par l'image.

C'était important pour lui de me préparer à ma nouvelle vie au Canada. »

26

- « Jusque là, je ne savais pas qui était Johan.

Outre l'idée que je me faisais de ses capacités à assurer pleinement son rôle de chef de famille responsable, principalement à la lumière de son aptitude à déployer des moyens financiers illimités qui *(entre autre)* lui ont permis de m'aider à recouvrer ma liberté et exister, je ne savais presque rien sur lui, sur sa vie, sur sa famille, s'il a été marié, s'il a des enfants de cette union, si ses parents étaient encore vivants, s'il a des frères et des sœurs etc … .

Je savais qu'il vivait à Laval, importante localité touristique dans laquelle, la vie est très agréable.

Je n'en savais pas plus concernant sa vie au Canada.

Mais, je savais d'instinct, de façon indubitable que je peux lui faire confiance, que je peux lui confier ma vie et que je peux dormir à ses côtés sans risquer un mauvais coup pendant la nuit.

J'avais la conviction qu'il ne me trahirait jamais.

Mais au lendemain de sa mort, je me suis sentie trahie en quelque sorte.

Attention : il y a trahison et trahison.

Tu sais, il y a la trahison, la vraie, la trahison parmi toutes les trahisons qui fait mal, que l'on a du mal à digérer, difficile à oublier et il y a cette trahison de seconde catégorie, *(si j'ose la qualifier ainsi)*, celle que l'on subit par la force des choses.

C'est celle-là que je mets à son actif, celle qui est consécutive à sa mort prématurée.

Je confesse d'être un peu dure avec lui en disant cela, mais mets toi à ma place.

je me suis retrouvée toute seule, lâchement abandonnée par cet homme que j'ai aimé avec une grande passion, et qui me l'a rendu au centuple.

Il avait promis d'être toujours à mes côtés et de veiller sur moi.

Mais, ce Dieu qui donne généreusement sans qu'on s'y attende, qui reprend à sa guise et sans préavis, ne lui a laissé ni le choix ni le temps. »

- « Maman, tu ne crois pas que de là où il est,

il ne veille pas sur toi et sur nous ? C'est toi-même qui me l'as dit quand j'étais petit, le jour où tu avais décidé de m'expliquer la situation concernant la mort de papa. Tu te souviens ? »

- « Oui, je le pense. Je sens parfois sa présence à mes côtés.

Ton père croyait aux forces de l'esprit.

Il admet bien volontiers qu'après la mort, nul n'est en mesure de dire ce qu'il advient de l'esprit par rapport à l'âme. Il ne se limite pas à croire aveuglement à la vieille acception qui dit qu' une fois mort, le corps retourne à la terre et l'âme rejoint la maison du père dans les cieux. Pour lui, fondamentalement, il existe une différence notable entre l'âme qu'il assimilait à l'état de conscience et l'esprit qu'il définissait comme le souffle de vie qui rend possible la respiration. *(si j'ai tout compris)*. Par conséquent *(disait-il)*, si l'état de conscience s'éteint avec le corps qui meurt, que devient le souffle de vie qui est rendu par le corps qui expire ?
Pour lui, l'esprit ne meurt pas, et peut par

conséquent, continuer à se manifester d'une façon ou d'une autre.

Nos conversations tournaient parfois autour de ces questions. Il se plaisait à m'expliquer ces notions qui ne me parlaient pas du tout à cette époque.

Il me citait souvent cette pensée quand tout n'était pas clair pour moi :

« Dans la nature, tout a toujours une raison. Si tu comprends cette raison, tu n'as plus besoin de l'expérience ».

Je t'avoue que c'est presque du chinois pour moi.

Il avait étudié la langue hébraïque pour pouvoir lire certains textes originaux se rapportant à ces sujets.

Je l'admirais beaucoup *(entre autre)* pour toutes ces raisons.

Je vais te faire une révélation : ton père était un mystique, au sens chrétien, bien entendu. »

27

Aeropuerto Internacional José Martí à la Havane.

Jour J.

Nous y sommes.

Dans quelques heures, ma vie va faire un

virage de cent quatre-vingt degrés.

Dernier appel de l'hôtesse.

Embarquement immédiat sur le vol régulier La Havane – Montréal.

Voix caractéristique que j'entends pour la première fois.

J'observe le visage des autres passagers. Les expressions sont si diverses.

Qu'en est-il de ma propre expression ?

Suis-je inquiète ? Non, je ne le crois pas. Pourquoi ? J'ai désiré si fort ce changement de vie. Il est sur le point de s'accomplir.

Suis-je émue ? Oui, je le suis. De la terre de mes ancêtres à cet hall d'embarquement, je n'ose pas me retourner. Le vertige sera trop grand. Une fois encore, mes racines n'ont pas eu le temps de prendre là où j'étais il y a encore quelques semaines. Me voilà en route vers une autre destination.

Suis-je excitée ? Oh oui ! Très. Le fait d'appartenir désormais à la société des « HOMMES » (êtres humains), a quelque chose d'euphorisant. Je peux aller et venir à ma guise. J'ai la bougeotte.

Enfin vint la minute ultime qui me sépare de la dernière porte d'embarquement au-delà de laquelle, Rita la prostituée sera morte, définitivement. Une fois encore, j'ai laissé quelque chose derrière moi : ma sucette à l'anis que j'ai jetée dans une poubelle de l'aéroport. Je ne ressens plus d'amertume dans ma vie, ni dans ma bouche. Ma plaie est presque guérie. Je n'ai plus besoin de pansement.

Le cortège des passagers prend son départ vers la porte d'embarquement.

Nous sommes en tête de cortège parmi les passagers de première classe appelés les premiers à accéder à l'aéronef.

La porte d'accès à l'aéronef est en vue. Les deux hôtesses chargées de contrôler nos cartes d'embarquement, nous reçoivent avec une grande amabilité.

Tout ceci est nouveau pour moi.

Toi, tu as pris l'avion un million de fois pour les affaires. Cela doit te surprendre de m'entendre te donner tous ces détails qui ne veulent rien dire pour toi. Qu'importe, ces détails font partie de mon histoire. Alors, sois indulgent avec moi. Tu veux bien ?

C'est la fin de l'été au Canada.

Johan avait préconisé l'ajout d'une petite laine en accompagnement de la tenue que j'avais librement choisie pour effectuer ce voyage.

Devine la couleur de cette petite laine ! Je ne te le dis pas. Tu l'as devinée. N'est-ce pas ?

J'appréhende ce vol qui m'amène vers ma nouvelle vie.

C'est la deuxième fois que je prends l'avion en si peu de temps. Je ne me sens pas à l'aise dans un avion. J'ai peur.

Décollage.

Rien à voir avec le petit avion que nous avions pris pour regagner la Havane.

Je me cramponne à mes accoudoirs. Johan me regarde et me sourit. Il est serein.

J'improvise une petite prière dans ma tête. Ça a marché : l'avion s'est stabilisé. Peu ou presque pas de trous d'air jusqu'à l'arrivée. Merci mon Dieu !

Mon fils, pourquoi tu souris ? Ah oui ! Je comprends. Ma prière qui a permis de stabiliser l'avion ? Et oui, laisse moi croire ça, s'il te plaît. Laisse moi croire que Dieu a permis que le vol se soit bien passé.

En effet, le vol s'est bien passé.

Atterrissage à Montréal 3h40 plus tard.

Débarquement.

A la police des frontières, mon visa passe haut la main. Mon passeport aussi.

Je suis admise sur le sol canadien. Alléluia !

Livraison des bagages.

Je retrouve ma valise reconnaissable parmi mille, grâce au bandana blanc noué autour de la poignée.

Passage à la douane. Fouille en règle des passagers en provenance de Cuba.

RAS.

Je suis choquée. Johan me rassure. Il paraît que c'est normal.

Récupération de la voiture de location.

En route pour Laval au Québec.

28

Silence monacal dans le véhicule.

Je n'avais jamais vu Johan aussi silencieux qu'il ne l'est en cet instant précis où nous roulons vers notre destinée.

D'habitude, il adore plaisanter à chaque occasion. C'est vrai, il est au volant d'une automobile. Il doit rester attentif à ce qui se passe autour de lui sur la route. Ce n'était pas le moment de faire ses pitreries habituelles pour détendre l'atmosphère.

Je suis inquiète. Je me pose mille et une questions. Je sens qu'il est préoccupé.

Est-il en train de changer d'avis sur son engagement avec moi ?

Je suis envahie d'une angoisse que je ne peux décrire.

Cette angoisse que je ne peux expliquer, me donne une furieuse envie de communiquer avec mon mari.

Mais comment ? Il semble inaccessible.

Et s'il ne veut plus de moi, que vais-je devenir dans ce pays dans lequel je ne connais personne ? Quelle est la légitimité de ce mariage contracté en cinq minutes à l'hôtel de ville de Saint-Domingue ? Quelle est sa validité au Canada ?

Ne saurais-je exister dans l'avenir comme par

le passé que par cette série de désillusions sans fin ?

Je me sens ballottée entre deux néants : celui peu glorieux d'où je viens et celui caractérisé par cet instant précis, dans lequel je suis en train de plonger la tête la première, et en toute liberté en acceptant d'aller vivre au Canada.

En fin de compte, je suis une incorrigible perdante à l'imagination fertile. Je n'y peux rien, c'est ainsi.

Engluée dans mes pensées les plus noires, les plus pessimistes, je n'avais pas remarqué que Johan avait posé sa main sur moi.

« *Ça va ?* » me dit-il d'une voix calme et rassurante.

« *Oui, ça va. Et toi ? Je te sens préoccupé. Tu peux me dire pourquoi ?*»

« *Ne t'inquiète pas mon amour. Je suis un peu déçu, c'est tout.* »

La fin de sa phrase a résonné en moi comme

la confirmation de mes doutes.

« Je t'ai déçu ? Moi ? Pourquoi ? »

«Non mon amour, je ne parlais pas de toi ! »

« De qui tu parles alors ? »

« De Francky. »

« C'est qui Francky ? »

« Mon frère ! »

Ah, il a au moins un frère. Et quel est son crime ce Francky ?

« Il devait passer à l'aéroport à Montréal te saluer à ta descente d'avion. T'accueillir comme il se doit. Il connaît notre histoire. C'est mon meilleur ami et c'est lui qui m'a encouragé à concrétiser ma relation avec toi, tellement je lui ai parlé de toi. Mais, il n'était pas là pour t'accueillir. Il m'a vraiment beaucoup déçu. »

Ouf je respire.

« Il a sûrement été empêché. Ne lui en veux pas. J'aurai tout le temps de faire sa connaissance. Tu ne crois pas ? Avant tout chéri, il faudrait s'assurer qu'il ne lui est rien arriver de fâcheux. Ok ? »

« Ok mon amour. Tu es adorable. Je l'appellerai de la maison dès que nous arriverons. »

Une bonne heure de route plus tard, nous voilà enfin arrivés à Laval.

29

- « Direction Laval-sur-le-lac. Arrêt devant une résidence bourgeoise.

Johan descend et vient m'ouvrir la portière.

Je sors de la voiture. Johan me prend par le bras et me fait pénétrer à l'intérieur de la propriété.

Après quelques mètres à travers ce jardin magnifiquement entretenu, deux ou trois marches pour accéder à la terrasse, puis la porte d'entrée.

Tu connais ce lieu, puisque tu y es né et que tu y habites.

Mais ce que tu ne sais pas, c'est ce qui s'est passé quand Johan a mis la clé dans la serrure et a ouvert la porte d'entrée.

En pénétrant dans la maison, moi la première, quelle ne fut notre surprise de voir une dizaine d'hommes et de femmes crier : *« Vivent les mariés ! Vivent les mariés ! »*

A la tête de ce comité d'accueil très spécial, Francky le frère aîné de Johan, qui a préféré organiser cette petite réception plutôt que de se rendre à l'aéroport pour m'accueillir.

La paix est donc revenue entre les deux frères. La brouille a été de courte durée. Heureusement, car je n'aurais pas voulu être au centre de la discorde entre les deux frangins.

Il fut le premier à venir m'embrasser et me féliciter d'avoir réussi à gagner le cœur de son célibataire endurci de frère.

La réception dura un certain temps. La maison s'est peu à peu vidée de ses invités surprise.

Alors, Johan m'a laissée découvrir la maison pendant qu'il prenait connaissance de son courrier en souffrance, arrivé pendant son absence.

Je n'avais jamais vu une maison pareille. Des pièces partout, une cuisine ultra moderne, une salle de bain de rêve, moi qui n'avais connu que des salles de bain à ciel ouvert.

La chambre de Johan était à l'étage au départ. Sa maladie nous avait contraints à déménager cette chambre au rez de chaussé bien plus tard pour faciliter son accès.

Johan a souhaité que j'occupe dans les premiers temps, la chambre voisine de la sienne. Il poursuit ainsi la même logique que celle qu'il avait appliquée lorsque nous étions à la Havane.

Pendant plusieurs semaines, nous avons fait chambre à part pour respecter à la lettre cette convention proposée par Johan et librement consentie par moi.

Peu à peu, je me suis reconstruite. Je n'avais plus peur de la vie. Je n'avais plus d'amertume dans la bouche. J'ai pris mes marques dans la maison, et à l'extérieur. J'ai appris à lire et à écrire. J'ai lu des tonnes de livres.

Le premier ouvrage que j'ai pu lire, fut la bible, comme me l'avait recommandé la Señora.

Effectivement, elle m'a procuré un grand réconfort et aidé à comprendre certaines notions de la vie.

C'est vrai, j'allais à l'église sans trop savoir le vrai sens de ma démarche.

Je n'ai pas le souvenir d'avoir été baptisée.

La lecture de la bible m'a permise de comprendre le sens du baptême, Jean-Baptiste, le fleuve Jourdain, etc … autant de connaissances qui manquaient à mon éducation religieuse.

J'ai suivi le catéchisme et j'ai été baptisée.

Mieux vaut tard que jamais, surtout si c'est une des conditions imposées par les religions quelles qu'elles soient pour célébrer le mariage religieux.

Toi, tu n'a pas été baptisé. Je ne sais pas si tu le sais, mais c'est mon devoir de te dire.

Je suis catholique, ton père était protestant. C'est à toi de savoir où tu te situes, si tu es croyant ou pas, si tu acceptes le baptême ou pas, si pour toi, la religion a un sens ou pas, quelle religion t'attire le plus, et pourquoi, etc … Tu as ce travail à faire mon fils. Je te le recommande. »

30

- « Parmi les invités surprise du jour de mon arrivée à Laval, il y avait le jeune pasteur du temple protestant que fréquentait Johan.

Le pasteur Jaques Fleurus a été le premier à recevoir la nouvelle de notre décision de nous unir devant Dieu.

Naturellement, le mariage œcuménique a été préconisé pour permettre à Johan et moi, d'accomplir cet acte dans le respect de nos fois respectives.

Alors, il a donc prit contact avec le curé de ma paroisse pour organiser ce mariage qui a été concélébré quelques semaines plus tard après notre décision de nous unir devant Dieu.

La femme de Francky m'a assistée dans les préparatifs de ce mariage.

Quand est venue la question de savoir quel type de vêtements je souhaitais porter pour cette cérémonie, j'ai opté pour une robe simple, de couleur blanc cassé, sans signes ostentatoires, ni voile, ni chapeau. Pas de maman pour m'offrir un bracelet ou une broche porte bonheur. Ta tante Jeannine m'a offert ces accessoires non indispensables, mais nécessaires pour compenser l'absence de cette maman qui n'était pas à mes côtés pour m'aider et me conseiller.

Qu'elle en soit éternellement remerciée et

bénie.

Je n'ai pas oublié qui j'ai été. Je n'ai pas oublié que je fus mariée devant l'officier de l'état civil à Saint-Domingue, dans une tenue de prostituée.

Cette robe simple que j'avais choisie, symbolisait à la fois la pureté de mon âme et la vertu dont je t'ai parlée, que j'ai su préserver pour les offrir à Johan.

Même si mon enveloppe corporelle a quelque peu souffert, mille et une fois corrompue par les circonstances malheureuses de la vie ou abîmée par des salauds sans pitié qui ont croisé mon chemin, je me sentais légitimée à porter cette robe de cette couleur.

Et le jour du mariage, à travers le regard de Johan, j'ai vu qu'il avait compris ce que j'avais voulu exprimer à travers cette tenue vestimentaire sobre, malgré les moyens financiers importants qu'il avait mis à ma disposition pour les préparatifs.

Ta tante Jeannine trouvait que je pinaillais un

peu trop, le jour où je faisais le premier essayage de ma robe de mariage.

En effet, concernant la longueur de la robe : au-dessus du genou ou très légèrement en-dessous du genou ?

J'avais opté pour la deuxième solution au grand désespoir de ta tante qui trouvait que j'ai de jolies jambes et qu'il était dommage de les cacher.

Mais ma nature profonde qui est celle d'une femme pudique et discrète, ne m'autorisait pas à montrer davantage mon anatomie qu'il n'est nécessaire de le faire.

Ce souvenir me fait sourire. Jeannine n'a qu'à venir aujourd'hui voir ce qu'elles sont devenues ces jambes qu'elle admirait tant !

Rien de comparable ! Le temps a fait son œuvre. La maladie a aussi pris sa part, très largement, très généreusement.

De ce qui reste de mes jambes d'avant, il n' y a que leur souvenir gravé sur les photos.

Ensuite, se posa la question de celui ou de celle qui devait me conduire devant l'autel.

Nous y avons beaucoup réfléchi Johan et moi.

Cela ne pouvait être Francky, c'était son témoin.
Jeannine devrait également être rayée de la liste, c'était mon témoin .

Alors qui ?

L'idée de la serveuse a soudainement germé dans mon esprit, car après tout, si tout ceci a été rendu possible, c'est grandement grâce à elle, même si elle a été grassement rémunérée pour service rendu.

Johan a trouvé cette idée géniale.

Alors, il a tout mis en œuvre pour que cette personne prénommée Eléonora puisse être la représentante officiellement désignée pour tenir le rôle de mes parents « empêchés » *(selon l'expression consacrée),* qui devra me conduire devant l'autel et déposer ma main dans celle de mon époux en présence du pasteur et du curé avant le début de la célébration.

Ce choix a tissé des liens d'amitié sincère entre elle et moi.

Bien des fois, en particulier à l'occasion de nos anniversaires de mariage, Eléonora est revenue nous visiter.

Depuis quelques années, je n'ai plus eu de ses nouvelles. Est-elle toujours vivante ? Dieu seul sait ce qu'elle est devenue. »

31

- « Au soir de notre mariage religieux, j'ai regagné la chambre de mon mari qui m'a acceptée.

Nous avons convenu tous les deux que toutes les conditions étaient réunies pour un rapprochement au sens biblique du terme.

Cela a été une belle nuit.

Rassure toi mon fils, je n'ai pas l'intention de te donner des détails.

Ce que par contre je m'autorise à te dire, c'est la confirmation que ton père a été un concentré de douceur, dans sa manière d'être et dans sa façon de me considérer, dès lors que je suis devenue sa femme devant Dieu.

La seule ombre au tableau, c'est que pendant les dix premières années de notre mariage, je n'ai pas réussi à tomber enceinte.

Les médecins étaient formels : il n'y avait aucun problème d'ordre physiologique chez l'un comme chez l'autre.

Nous avons essayé encore et encore.

Il est écrit dans l'évangile, que l'on juge un arbre à ses fruits.

Ce verset était devenu mon obsession et m'empêchait de trouver le sommeil.

Que va penser la famille de Johan ? Que vont penser ses amis(es) qui venaient nous narguer avec leurs rejetons ?

A chacune de leur visite, j'avais droit aux mêmes remarques sur la minceur de ma taille.

Johan prenait tout ça avec philosophie, et à travers ses gestes d'affection et de tendresse, me faisait comprendre qu'il m'aime, telle que je suis.

Cela n'empêchait pas que je sois toujours dans cette angoisse à chaque début de mois.

J'étais réglée comme du papier à musique. Invariablement, entre le premier et le cinq, j'avais droit à mon petit cadeau mensuel.

La dépression me guettait.

Je m'occupais comme je pouvais. Je m'étais inscrite dans une école de peinture. J'y allais trois jours par semaine. Toutes mes œuvres avaient pour thème l'arbre et ses nombreuses variantes. La plupart du temps, c'étaient des arbres sans feuillage.

A la tête avec son frère de cette grosse

fabrique de chaussures de luxe, Johan allait et venait, New-York , Sydney , Paris, etc …

Parfois je l'accompagnais, parfois il partait seul. Ce qui m'a permise de visiter le monde entier.

Un soir, alors qu'il était à Toronto pour participer à une exposition d'accessoires, je me suis retrouvée seule à la maison. je venais de dîner et je regardais la télévision. Je reçus la visite surprise de mon beau-frère qui venait prendre de mes nouvelles en l'absence de son frère.

Curieusement, il était seul ce jour-là.

Il me réclama un verre de scotch. A son haleine, il n'était pas à son premier verre de la soirée.

Nous étions à la cuisine.

Tout à coup, sans aucun signe annonciateur, ton oncle se jeta sur moi et me mit à terre sur le carrelage.

Avec une force que je ne lui connaissais pas, de sa main gauche il me tenais fermement plaquée au sol, il plongea sa main droite sous ma jupe et m'arracha ma culotte en la déchirant presque.

Alors, il me viola avec une sauvagerie indescriptible.

Une fois son forfait accompli, il se releva, se versa une autre rasade de whisky, la but d'une traite, puis s'en alla comme il était venu.

Toujours étalée sur le carrelage, je tremblais de partout. J'avais le poing serré, le visage baigné de larmes.

Tout ce chemin parcouru pour revenir au point de départ.

Oh mon Dieu ! Que s'est-il passé ? Pourquoi as-tu permis ça ?

Intérioriser ma douleur, je sais faire. Mais là, je ne pouvais me taire.

Alors, je me suis mise à hurler. Cela a duré

une bonne partie de la nuit et le jour suivant.

Deux jours plus tard, mon mari était de retour.

Il avait remarqué mes yeux bouffis, mais ne m'a fait aucune remarque.

Il reprit sa place auprès de moi, comme avant.

Quand il me voulait, je me donnais à lui sans réserve, sans lui faire sentir le poids qui s'était installé sur mon estomac et qui me rendait malade comme une chienne.

Je continuai mes cours de peinture et mes arbres étaient de plus en plus sinistres. J'étais devenue la spécialiste des nuances de gris.

Francky et Jeannine sont parfois venus dîner à la maison comme avant. Jacky me saluait en me donnant un baiser sur la joue comme avant. Rien n'a changé. Rien à signaler ! »

32

- « Les jours ont passé.

Mes rapports avec Johan sont de plus en plus fusionnels.

Ce n'était pas de l'idolâtrie.

Johan est l'homme qui m'a sortie de la rue. Je vivais en marge de la vie.

Instants Ultimes

A ce titre, il s'est *de facto* investi de cette mission suprême qui consiste à me remettre au centre de la vie, non pas en me donnant une longue liste de ce qu'il faut faire et de ce qu'il ne faut pas faire, mais en me faisant don de ce tracé du chemin pour me permettre de parvenir à la plénitude de la vie qui coule en moi.

Vaste mission. Noble mission.

Dans tous les cas, mission accomplie.

Il peut se réjouir de cette réussite. Il peut s'enorgueillir d'avoir fait de moi, sa femme, la seule, la vraie, la vertueuse. Cette vertu qui fait partie intégrante de moi, à tout jamais et pour laquelle aucun événement ne peut venir altérer l'intégrité.

La fin du mois est proche.

J'ai une drôle de sensation. Quelque chose se passe en moi.

Quatre semaines plus tard, mon médecin de quartier confirme ce que j'attendais avec

Instants Ultimes

impatience mais que je redoute désormais depuis la visite de mon beau-frère.

Le doute n'est plus permis : je suis enceinte !

Enfin !

Autre lieu, autre perception, autre sensation.

Quelle que soit la sensation de plénitude que j'étais en train d'expérimenter dans ce lieu idyllique, elle ne peut égaler celle des douleurs de ce passé *(lointain)* que je tente de toutes mes forces d'oublier.

Le confort dans cette maison bourgeoise, l'attention de tous les instants de la part de mon mari, tranchent singulièrement avec ce que j'ai connu par le passé.

Sans le vouloir, la confirmation de ma grossesse a fait remonter à la surface, les souvenirs de ce temps révolu.

A vrai dire, je ne savais pas comment j'allais vivre cette nouvelle grossesse.

Victor Hugo résume bien mes états d'âme en ces termes : « **Le cerveau a la pensée, le cœur a l'amour, le ventre a la paternité et la maternité.** »

Alors, comment créer l'harmonie entre tous ces états et me permettre de vivre cette nouvelle grossesse en toute quiétude ?

J'aimais profondément mon Johan mais, le souvenir de mon passé est tenace.

De plus, l'acte ignoble commis par mon beau-frère est venu brouiller la limpidité de mes sentiments pour Johan.

Je n'ai pas pu dire la vérité à Johan qui t'a accepté et aimé comme son enfant légitime.

Je ne pouvais pas lui ôter cette fierté. Je ne pouvais pas risquer notre bonheur au nom de l'honnêteté d'une femme vertueuse.

Bien malgré moi, je suis devenue et je suis restée jusqu'à sa mort, une menteuse, une dissimulatrice vis-à-vis de mon mari.

Je ne mérite pas cette punition.

Peux-tu imaginer le poids de ce que cela représente et que je porte depuis ?

Je n'ai pas osé me poser la question de savoir de qui, de mon mari ou de mon beau-frère, est cette grossesse. »

- « Maman, si je comprends bien, mon père ne serait pas mon père ? »

- « Je dois être honnête avec toi mon fils : je ne sais pas.

Cruelle réponse, n'est-ce pas ?

Johan et moi avions eu des rapports avant son départ pour Toronto et à son retour.

Comment pourrais-je dans ces conditions, te dire qui est ton père ?

Je ne sais pas mentir, tu sais. J'aurais pu te cacher cette vérité, mais ma conscience n'a pas voulu que je te mente.

Je suis triste d'avoir été abusée par mon beau frère, ce salaud dont je ne peux expliquer le comportement.

Je ne sais si Johan lui avait tout dit sur moi y compris sur mon métier de prostituée.

Est-ce cela qui lui aurait donné ce permis de me violer impunément, de se comporter de la sorte avec moi sachant que jamais je ne pourrais le dénoncer à son frère ?

Ou bien, ne voyant rien poindre et modifier ma silhouette, il a tout simplement voulu donner un coup de main à son frère pour que je lui donne un héritier ou une héritière et sauver son honneur au sein de la famille ?

Je ne sais quoi te dire. »

- « Et tu n'en as jamais discuté avec lui ? … Même après la mort de mon supposé père ? »

- « Je t'interdis d'utiliser cette expression de supposé père. Une bonne fois pour toute, Johan est ton père jusqu'à la preuve du contraire. C'est bien compris ?.

Quant à ton oncle, non, aucune discussion sur ce sujet, il n'en a jamais été question.

Même à l'heure des félicitations d'usage à l'annonce de ma grossesse, il a respecté la tradition en venant avec son épouse, un bouquet de roses rouges et une bouteille de champagne dans les mains.

Ils sont restés dîner.

Johan était ravi de cette unité de la famille autour du futur bébé qui grandissait dans mon ventre. Pour lui, la famille, c'est sacré ! Pour Francky aussi.

Il avait tant espéré un enfant. Enfin, la vie lui sourit et le sourire n'a plus jamais quitté son visage. »

;

33

- « Vint le jour de ta naissance.

C'était à la fin de l'automne. Les premières neiges venaient de tomber. Le travail avait commencé en début de matinée et tu es venu au monde à midi pile. Drôle de coïncidence, j'avais connu Johan à l'heure du déjeuner. Tu te souviens ?

J'ai eu mal, mais c'était supportable. Je voulais me montrer brave et faire bonne figure. Johan s'est tenu auprès de moi jusqu'à ta naissance. Il me tenait la main. Il attendait ce moment depuis dix ans.

Tu es venu au monde avec beaucoup de cheveux. C'était impressionnant. Tu as opté pour mes yeux marrons et mes cheveux crépus. Les beaux yeux bleus et les cheveux fins de Johan n'ont pas fait le poids.

Un an déjà !

Le jour de ton anniversaire, Francky et Jeannine nous ont invités dans leur chalet dans la région des grands lacs. C'est un endroit merveilleux.

C'était une belle fête d'anniversaire, mais le cœur n'y était pas.

Quelques jours avant le départ au chalet, le diagnostic de la maladie de ton père venait de tomber : leucémie.

J'étais la seule à le savoir. Ton père a voulu

que je garde le secret jusqu'au bout. Il ne voulait pas que son frère le sache. Je n'ai pas compris pourquoi.

Peut-être avait-il inconsciemment compris que son frère n'était pas une bonne personne ?

Tu t'imagines le fardeau que cela a été pour moi de garder le silence devant le regard inquisiteur de Francky qui voyait son frère dépérir à vue d'œil ?

Comment était-ce possible, à l'aube de ce bonheur à trois, qu'il puisse ainsi nous abandonner à notre triste sort, toi et moi ?

Tu vois ce que je te disais : je perds chaque chose susceptible de faire mon bonheur.

Ce Dieu si puissant qui donne et qui reprend, s'est une fois de plus souvenu de moi.

Je pensais que les dix années qui venaient de s'écouler, étaient le signe que le contentieux entre lui et moi était soldé.

Il n'en était rien au regard de ce nouveau

drame qui est arrivé dans ma vie. »

- « Une leucémie ça se soigne non ? Pourquoi n'ont-ils pas tenté une greffe de moelle épinière ? »

- « Oui, ça se soigne, mais ton père a souffert d'une forme très rare de leucémie. Ils ont tout tenté. Il s'est même rendu en France pour consulter les plus grands spécialistes dans ce domaine. En vain !

A son retour, il avait décidé de lâcher prise.

Quelques instants avant son décès, alors que j'étais à son chevet à l'hôpital, d'une voix très affaiblie, il m'a dit : *« Prends bien soin de mon garçon. »*, et ensuite il a expiré.

Les années ont passé. J'ai pris soin de toi comme il me l'avait recommandé. Tu es devenu ce brillant homme d'affaires qui fait ma fierté, et que Johan aurait été ravi de connaître.

Embrasse moi et laisse moi me reposer maintenant si tu veux bien.

Une dernière chose avant que tu ne partes : épouse Brenda si son cœur est toujours libre et dis-lui que ta mère aurait voulu cela, ... et surtout retrouve ta sœur. »

34

Dans cette chambre de l'unité de soins palliatifs de l'Hôpital-Laval à Ste-Foy au Québec, Alexander, assis au chevet de sa maman Rita depuis un bon moment, a écouté avec une grande tristesse le récit étonnant et émouvant de la vie de celle qu'il a toujours connue comme une femme digne, intègre et pudique.

Soudain, le moniteur se met à biper, puis affiche un tracé plat devant les yeux incrédules d' Alexander .

L'équipe de réanimation arrive en trombe, mais se contente de constater le décès de cette femme qui dans ses dernières volontés, a refusé l'acharnement thérapeutique.

Atteinte d'une maladie incurable, Rita est admise dans cette unité depuis plusieurs semaines.

Alexander, venu lui rendre visite en ce début d'après-midi, ne pouvait un seul instant imaginer l'importance de cette journée dont la charge émotionnelle le marquera à jamais.

Il s'est réveillé orphelin de père mais se couchera désormais orphelin de père et de mère.

Il était fils unique, à présent il connaît l'existence d'une grande sœur quelque part en république dominicaine.

Il pensait avoir un père, mais ce n'est peut-être pas le bon.

Rita s'en va, Maria arrive.

Instants Ultimes

A suivre ...

Instants Ultimes

En préparation : ELVIRA PLYNN

(La suite de la Veuve PLYNN)

Instants Ultimes

NATHAM Collection

Titres à paraître

227   **Instants Ultimes**

Éditeur : BoD-Books on Demand, 12/14 rond point des Champs Élysées, 75008 Paris, France
Impression: BoD-Books on Demand, Norderstedt, Allemagne
ISBN : 9782322102013
Dépôt légal : Janvier 2018

Instants Ultimes